씨앗

지연희 수필집

근근
미디어

초판 발행 2014년 11월 30일
지은이 지연희

펴낸이 안창현 **펴낸곳** 코드미디어
북 디자인 Micky Ahn **교정 교열** 최윤성
등록 2001년 3월 7일
등록번호 제 25100-2001-5호
주소 서울시 은평구 갈현1동 419-19 1층
전화 02-6326-1402 **팩스** 02-388-1302
전자우편 codmedia@codmedia.com

ISBN 979-11-86104-04-0 03810

정가 8,000원

지연희 수필집

작가의
말

다시 시작하는 하루가 눈부시다

아침이면 간밤 어둠 속에 묻혀 있던 사물들이 깊은 잠에서 깨어나듯 유리문을 통하여 온전히 스며든다. 고운 단풍의 옷을 벗고 고즈넉이 누워 있는 북한산 줄기와 산이 품고 있는 높고 낮은 주택들이 보인다.

원근법의 질서로 산의 높이를 뛰어 넘고 있는 교회 첨탑의 십자가는 지난 밤 밤바다의 등대처럼 갈길 잃은 사람들의 마음을 붉은 별빛으로 인도하더니 산마루 아침햇살을 마중하고 있다. 다시 시작하는 하루가 눈부시다.

내 삶은 이토록 수없이 반복하는 아침으로 감사하게 오늘을 맞이하고 있다. 아프고 슬픈, 기쁘고 행복한 일들의 연속적인 순간들은 나를 참다움으로 숙성시키는 회초리였을 것이다. 아직도 먼 내 사람다움처럼 아직도 먼 내 문학을 위하여 나는 오늘 다시 한 권의 분신을 세상 속에 내어 놓는다.

2014. 11월 지 연희

Contents

3   숲으로의 귀환

지팡이

눈길만 닿아도
꽃밭 담장 곁에 서있는 햇살처럼
절룩이는 걸음의 디딤말이 되어
등불인 듯 길을 밝힌다
갈잎처럼 가난한 내 신발의 창을 깁는 바느질
또닥 또닥이며 시간을 밟고 간다
이렇게, 땅을 짚고 일어서는 힘
조용한 침묵의
그대

1

마음과 젖음 사이

인연

한 그루의 바람꽃이다. 휘몰아치는 늦겨울 삭풍 속에서 하얗게 쌓인 눈 언덕을 비집고 일어선 복수초, 나의 집은 차가운 얼음의 휘장에 싸인 거푸집으로 바람만 불어도 무너져 내렸다. 허허한 속성의 부식질 토양에 뿌리를 의지하여 자라고, 눈을 녹여야지만 꽃을 피워 세상을 바라볼 수 있는 힘겨움이 있다. 그러나 차가운 얼음의 동굴에서 뿌리를 내리고 빛의 세상을 향한 나의 나들이는 내 숙명의 길에 놓인 '봄의 전령사'라는 사명을 져버릴 수 없는 인연의 고리를 쥐고 있다. 그만큼 노오란 꽃잎을 펼쳐 환히 웃음 지으면 기쁨이 되는 세상과의 내 인연은 감사해야 할 일이다.

설연화 얼음새기꽃이라 부르기도 하는 나의 속성은 연못 진흙 속에 피는 연꽃처럼 앞이 보이지 않는 혼돈의 시야를 헤쳐 끝없이 가부좌를 틀고 면벽하는 수도승이다. 한밤중 쌓인 눈雪의 한기가 온몸으로 스며들기 시작하면 뿌리로부터 치솟는 냉기류를 생존의 질서로 받아내곤 했다. 눈을 감고 기도하지 않으면 깎아지른 절벽 절망의 늪에 떨어지고 마는 현실을 조용한 묵상으로 이겨내야 하는-. 그러나 어두움 깊은 밤이 지나 이른 아침이면 어머니의 따뜻한 손길로 다가와 가없는 사랑의 햇살을 부어주시는 빛의 주인이 있어 다시금 눈을 뜰 수 있다.

꽃을 피운다는 것은 얼마나 복된 일인지 모른다. 희망찬 일인지- 하루 하루 내 몫의 크기로 내게 주어진 일상들과 마주서서 땀을 흘리고 난 뒤 마시는 한 사발의 냉수처럼 마음 밭에 스며드는 기쁨이다. 꽃대로 밀어올린 노오란 봉오리가 슬며시 꽃잎을 열어내면 어떤 미움도 슬픔도 아픔도 미소를 머금게 되는 치유의 손길이다. 최선의 인내로 만날 수 있는 청초한 눈동자로 전해주는 맑은 눈웃음이다. 꽃을 피워낸다는 것은 생명이 살아있음으로 전하는 아름다운 메시지가 아닐까. 세상 한가운데 숨 쉬며 존재한다는 이 위대한 사실을 무심결에 깨닫게 되는 확신이다. 혹독한 추위와 세찬 비바람에 흔들리지 않던 견고한 인내로 이룩한 신뢰임을 알게 한다.

눈부신 설원의 표피를 열고 환한 미소의 꽃잎을 열면 저기 황금빛 아침 해는 수호신처럼 햇살을 뿌려준다. 환한 낮빛에 이는 맑은 종소리를 들을 수 있는 경이로운 시간이다. 더 이상 어떤 기쁨도 가능치 않은 행복이 꽃잎에 머물고 있다. 눈 위에 반짝이는 햇살이 눈부신 한낮의 산언덕에서는 빈 나뭇가지에 날아와 지저귀는 철새들의 수다와 먹이사냥을 나와 발자국을 남기고 쏜살같이 달아나는 노루며 다람쥐를 만날 수 있다. 조금씩 동면의 빗장을 풀고 봄이 시작되는 이른 봄 눈밭의 짧은 낮 시간, 가까이 불어오는 추위가 온몸을 움츠리게 한다.

경칩이 지나 춘분 청명이 찾아와 꽃을 머금었던 내 맑은 웃음의 복수 초는 완연한 봄의 시간을 지나 서서히 잎이 시들어 가고 꽃잎 떨어진 자리마다 씨앗을 품은 씨방을 준비하게 된다. 단단히 여물어 가는 씨앗을 느끼는 일, 비로소 이 일이 내 생의 의무였음을 알 수 있었다. 생명을 소유한 존재들의 가장 경이롭고 행복한 의무를 수행하는 일, 지상의 어디선가 흙의 훈기가 손끝에 감지되는 곳이라면 나의 분신은 내가 지나온 내 걸음의 행보를 이어갈 것이다. 씨앗과 씨앗의 인연으로 내 아버지의 꿈을 이어왔듯이 나의 바람이 가뭇한 존재의 흔적을 남길 것이다.

최소한 몇 번의 겨울이 지나고 몇 번의 봄날이 나를 이끌고 삶의 순환 고리를 또 엮어 가겠지만 나는 늦은 겨울 살을 에는 듯한 한파를 딛고 일어서 찬란한 봄의 가운데에 싱그럽게 다가서려 한다. 보다 단단한 씨앗을 경작하라고 쉼 없이 어머니의 손길을 뻗어 다독이는 햇살의 눈부신 자애를 마시며 매순간 분연히 일어서고 있다. 미나리아재비과 Ranunculaceae에 속하는 다년생으로 태어나 여러 해를 거듭 살아낼 수 있는 노오란 얼음꽃의 나는 무엇보다 맑은 눈꽃을 피워낼 수 있어서 행복하다. 어제 저녁 차디찬 바람결을 피해 꽃잎을 오므렸던 나는 오늘 아침 화알짝 꽃문을 연다.

생존

지면 위로 내리꽂히는 태양열, 한여름 무더위가 연일 계속되고 있다. 달구어진 지열 위로 뿜어져 오르는 한낮 폭염은 4층 작은 화단의 나뭇잎들을 바삭바삭 말리고 있다. 에티오피아 난민촌 앙상한 팔과 다리로 가난한 어미의 품에 안긴 채 사경을 헤매는 아이처럼 가쁜 숨을 쉬고 있다. 고무호스를 꺼내 수도꼭지를 틀고 키 큰 나무들 먼저 목을 축여주는데 시멘트 바닥에서 마른 흙냄새가 피어오르기 시작했다. 바닥으로 흐른 물줄기를 흡입한 시멘트가 뱉어내는 숨결이었다. 묵은 짚더미 속을 헤치면 쏴아 순식간에 코끝으로 달려드는 순한 사람의 냄새 같았다. 작은 선인장과 일년초화분까지 흠뻑 적시고 나자 화단 주변은 비온 뒤의 싱그러운 숲속인 양 반짝거렸다. 가슴 속 깊이 스며오는 생기를 마시며 실내로 들어와 유리문 밖으로 내다보이는 각각의 나무들을 바라보는데 20년 함께한 소철 화분에 더부살이하는 해바라기 한 그루가 우뚝하니 눈에 들어왔다.

이른 봄 실내에서 거실 밖으로 이주를 시작한 화분들은 갇힌 공간의 한정된 습도와 온기에 겨우내 익숙한 몸을 풀고 자유로운 햇살과 심술궂은 바람에 적응하느라 진통 중이었다. 그리고 4월의 어느 날 지름 1m

가 넘는 소철화분 흙 표면에 예기치 않은 생명 줄기 하나가 돋아나 여느 잡초인 양 뽑아내려다가 순간 성장을 허락하게 되었다. 진작 땅의 주인은 소철나무인데 관리자의 알량한 권한으로 묵인한 셈이다. 하루 하루 지나며 이 생명의 이름이 궁금했다. 식물도감의 폭넓은 상식이 부족했던 탓으로 그때까지 그 뿌리의 근원을 알아채지 못했다. 하루가 다르게 기둥을 세우고 줄기를 만들기 시작하던 어느 날이 되어서야 혹시 해바라기 잎이 아닐까 예감할 수 있었다. 쑥쑥 키를 높이는 식물은 본디 주인인 소철의 키를 뛰어넘기 시작하고 완연한 제 이름에 맞는 풍모를 보여주었다. 제가 이 화분의 주인인 양 의기양양한 해바라기의 모양새로 키를 키웠다.

어떤 연유로 소철의 터전에 난데없는 씨앗이 발아되고 뿌리를 뻗어내어 한 그루 해바라기가 되었는지 궁금하지 않을 수 없었다. 2m가 넘게 키가 솟아올라 위풍당당하게 기둥 끝으로 둥근 꽃방을 머금고 있는 해바라기를 보면서 생명을 지닌 존재들의 생존의 의미를 생각했다. 씨앗을 뿌린 적 없는 것 같은데도 불구하고 어떤 경로에서건 씨앗 하나가 꽃나무가 되어 성장하고 있는 사실만은 분명했다. '어디에서든지 뿌리를 내려라, 살아내기만 하면 된다.'는 절박한 현실을 바라보았다. 소철화분 속 소철의 성장은 약화되고 더부살이하는 해바라기의 왕성한 성장은 하늘을 치솟고 있다. 자기 둥지를 짓지 않는 뻐꾸기가 남의 둥지에 알을 낳아 놓으면 제 새끼인 줄 키우는 붉은 머리 오목눈이 새처럼 소철은 제 둥지 가운데에서 돋아난 해바라기 씨앗 하나가 뿌리를 내리고 꽃을 피우고 있다는 사실을 묵묵히 받아들이고 있는 것이다.

경석이나 마사석으로 뿌리를 감싸고 있는 난초들은 일반 화초들과는 토양이 다르다. 공기 중에 노출되어 사는 기근氣根의 난초 뿌리는 공기유통이 원활해야 하는 특성의 식물이다. 그 난초의 화분 속에서도 끈질긴 잡초들의 생명 돋아 올림을 확인하게 된다. 며칠이 지나기 무섭게 뽑아내지만 손톱 끝 크기의 잎새들을 팔락이며 곱다란 풀포기를 세워놓게 되는데 앙증스럽고 갸륵하다 싶을 때도 있다. 잡풀 무리의 번식력이 얼마나 강인한지 며칠 눈감아주면 감당하기 어려울만큼 잡초들은 화분 표면을 뒤덮고 만다. 결국 고고한 자태의 난초 본연의 품격을 저해한다는 이유로 나는 악랄한 무법자가 되고 만다. '그래 맘껏 펼쳐봐 생명의 힘을 한껏 보여줘.' 하면서도 갈퀴손이 된다. 생존의 의미는 살고 싶은 것임에 분명하지만 어디서나 자유롭지는 않다.

참 이상한 식물 하나가 있다. 봄날 2년 전 얻어다 놓은 조롱박 씨앗을 잊고 있다가 혹시나 불그레한 대형 고무화분에 뿌려 놓았는데 제 생명의 씨눈을 잃어버렸던 모양이다. 조롱박 순은 하나도 움트지 못하고 잡풀 사이로 돋아난 여느 풀포기와 다른 생김새의 새싹을 해바라기 순처럼 흙에 남겨두었었다. 이 생명이 어찌나 왕성하게 가지를 뻗고 키를 키우는지 검푸른 잎새가 마치 호랑가시나무 비슷한 길쭉한 모양의 본색을 알 수 없는 크기로 쑥쑥 자라고 있다. 조롱박이 자라야 할 둥지에 저 혼자 기름진 흙을 차지하고 1m 높이의 트리모양을 하고 있는 것이다. 무성한 잎들 끝으로 몽글몽글한 작은 꽃송이를 물고 있는 듯도 한데 쉽게 확인하기 어려운 높이를 지니고 있다. 손가락 작은 마디로 돋아난 새싹 하나가 이런 성장의 모양을 어떻게 보이는가 싶어 기대를 하고 있다.

생존의 의미를 생각한다. 하루 세 끼니를 먹는 일, 주어진 일상에 최선을 다하고 나서 TV에 잠시 신경을 모으다가 노트북에 앉아 두 손을 움직이며 세상 사는 삶을 문자로 그려대는 일을 한다. 이 같은 일의 반복이 내 생존의 가치를 세우는 일이다. 물론 웃고 혹은 슬퍼서 울고 그리워하고 미워하는 일도 일상 속에 있다. 해를 좇아 기웃거리는 저 한 그루의 해바라기처럼, 남의 집 대문을 가득 장악한 잡초들의 몸짓이거나, 나는 이름 모를 존재로 싱싱하게 키를 키우는 식물의 하나라고 말할 수 있다. 문득 내 생존의 의미가 별거 아니었다는 말을 할 수 있을까 겁이 난다. 맹렬하게 악착같이 살아내고 있는 생명들의 이름을 나열해 본다. 해바라기-

안개

해가 서산에 저물어 보이지 않는다. 다만 빛의 흔적만 사위를 어슴푸레 감싸고 있다. 7월의 마른장마가 지속되는 후덥지근한 삼복 중, 어쩌다 마주하는 이 박무薄霧의 시간을 나는 좋아한다. 밝음에서 어둠으로 넘어가는 찰나, 어스름의 알 수 없는 슬픔으로 촉촉한, 알 수 없는 고독으로 깊어가는 가슴 울리는 잠깐의 시간이다. 오늘은 수묵화의 농담濃淡을 풀어 놓은 듯 자욱한 안개마저 시야를 흐리게 한다. 깊은 미혹의 늪이 되어 유혹하고 있다. 조금씩 감추어지는 북한산과 그 아래 즐비한 창문들의 아파트 건물이 안개의 농무濃霧로 사라졌다 나타나고 사라졌다 나타난다.

사물이 시야에 비춰진다는 것은 사물을 직시하는 사람들과의 소통이다. 마치 내가 너를 맞이하듯이, 네가 나를 맞이하듯이 꽃잎의 어여쁨 같은 아름다운 만남인 것이다. 내력을 모르던 너의 겉모습을 알게 되고, 너의 속마음을 짚어낼 수 있다는 화애和靄의 몸짓이다. 적어도 안개와 같은 사물의 실체를 저해하는 장해물이 존재하지 않는 한 세상 속에 놓인 수많은 대상들과 눈을 마주하는 기쁨일 것이다. 어떤 신비스런 대상이 눈동자에 스며들 때는, 환히 밝아오는 달빛과 같이 의식은 조용한 파문으로 술렁이기 시작한다. 하지만, 안개는 자신의 젖은 속살을 연기처럼 풀어 세상 속에 빛나는 그림들을 하나 하나 감추고 만다.

밝음에서 어둠으로 넘어가는 순간, 어둠은 갑자기 품에 끌어안고 있던 잡다한 형상들을 풀어내듯 홀가분하게 스스로의 모습조차 감추고 만다. 자욱한 안개가 빛으로 품어 안았던 세상 속 물체들을 감추고 있듯이-. 가끔 염려할 때가 있다. 불현듯 꿈틀거리고 있는 알 수 없는 욕심의 덩이를 발견할 때가 있는데 순간 '---다워야 한다.'는 성숙한 사람으로의 질서와 도리에 대한 가치를 생각하게 된다는 것이다. 인간 원형의 본능적 자유를 겹겹 안개의 휘장으로 감추고 있는 건 무엇일까? 라는 의구심이 인다. 큰 소리로 화를 내기도 하고, 가슴속 숨은 이야기를 거침없이 쏟아 놓기도 하는 다듬어지지 않은 모난 그대로의 표현이 그리울 때가 있다. 안개의 깊이는 앞이 보이지 않는 어둠이다. 온갖 경험으로 녹슨 순수의 진리를 해치는 늪이 아닌가 싶을 때가 있다.

미궁에 빠진 사실을 숨기기 위해 베일을 깔아놓고 주변의 이목을 넓히는 범죄자의 모습을 닮은 존재가 안개이다. 세상을 떠들썩하게 한 유람선인 세월호의 근원적 사고의 원흉으로 지목한 유병언 전 세모그룹 회장의 사체를 발견했다. 그리고 온 나라 전체가 안개 속에 감추어진 사인死因에 대한 이견이 분분하다. 자연사다, 정치적 배경으로 조작된 타살이다, 차명계좌로 등록된 소유권자들의 청부살인이다 하며 근거가 불분명한 예측들을 사실처럼 유포하고 있다. '구원파'라는 종교단체의 절대교주였던 유병언의 목회자답지 않은 화려한 삶의 궤적이 드러나기도 했지만, 견고한 안개 속에 묻혀버린 수많은 모순으로 위장된 진실들이 무덤 속에 덮이지 않을까 걱정이다.

안개의 입자는 운명적으로 슬픔을 안고 있다. 눈물처럼 젖어 사는 물의 분자로 방울진 작은 물방울들의 유희이다. 이른 아침 대관령 휴양림에서 마주한 아름드리 송림松林사이로 춤추듯 너울거리는 짙은 안개 속을 걸었다. 밤사이 내린 비의 양이 적지 않았는지 계곡에서 들려주는 물소리는 질주하는 말발굽소리 같았다. 안개는 나무의 신령神靈같았으며 소나무 신이 현신하여 군무를 추는 웅대한 행렬이었다. 어느 죽은 영혼의 한풀이라도 하는 듯 아름드리나무들 허리를 장삼자락으로 무리지어 감싸다가 휘어진 가지를 휘돌아 솔가지를 해방시키는 안무는 신비경을 달리 말하지 않아도 좋을 것 같았다. 종내에는 휴양림 전체를 안개바다로 자욱하게 침몰시키고 말았지만 휴양림 계곡의 우렁찬 물소리가 아직도 들리는 듯하다.

가끔씩 북한산 자락은 맑은 날에 지녔던 울창한 나무숲이나 바람에 흔들리는 나뭇잎의 울림까지도 감지하게 되는데 지금은 그게 아니다. 자욱한 안개의 옷을 입고 제 본연의 모습을 감추고 있다. 안개가 산의 정령까지 삼켜 버린 듯하다. 새로 건설한 아파트 단지, 언덕쯤의 교회 십자가 첨탑, 다세대주택으로 개량된 주택가를 모두 삼켜버렸다. 아득하게 삼켜버렸다. 보인다는 것과 보이지 않는다는 것은 세상에 존재하였다가 존재를 잃는다는 의미이기도 하다. 안개 속에 감추어진 산과 나무들, 아파트, 높고 낮은 주택들의 소중한 의미들을 생각한다. 어둠이 조금씩 짙어지고 있다. 밤의 찬란한 불빛이 하나 둘 안개 속에 가두어 두었던 대상들을 풀어내고 있다.

마름과 젖음 사이

준비해 두었던 시간이 다가온 듯 플라타너스 나무 밑으로 누렇게 마른 잎 하나가 온몸을 웅크리고 떨어졌다. 저 빈한한 자세는 무엇인지 가까이 다가가 눈을 맞춰보았다. 젖은 물기란 물기는 깡그리 증발되어진 앙상한 모양새다. 평생 자식과 남편을 위해 헌신하시다 병상에 누운 어머니의 80노구 같아 가슴을 모았다. 엄지와 검지로 살며시 들어 올렸을 뿐인데도 바스락 잎 조각이 떨어져 내린다. 생명의 흐름들이 뚝뚝 끊어져 바스라지고 있었다. 처절한 무심으로 가루가 되어 내리는 마름의 상징적 의미는 무엇일까. 어머니는 몸속 생명의 기운이 빈틈없이 소진되어 땅에 떨어진 앙상한 마른 잎으로 주검이라는 생의 흔적을 짓고 있었다.

15년 전 시어머니는 80노구를 세상에서 거두어 영원한 당신만의 집으로 돌아가셨다. 매일 새벽이면 일어나 전기밥솥에 불을 붙이고 일에 바쁜 며느리의 일손을 덜어주시던 어머니는 그렇게 소파에 누워계셨다. 분주히 제 시간에 깨어나는 식구들이 평시와 다름없이 누워계신 어머니를 별다른 의심 없이 바라보았던 일은 예사로웠다. 아침상을 다 차리고 나서도 미동이 없는 할머니를 깨우다가 놀란 것은 큰 손자의 손길이었다. 힘없이 소파 밑으로 떨어지는 할머니의 팔을 잡고서야 이미 숨을 내려놓은 지 한참인 것을 알았다. 너무나 평화롭게 너무나 고요하게 눈을 감고 계셔서 잠이 든 것으로만 착각했던 것이다.

입관의식이 시작되고 청결하게 씻겨진 어머니를 염습하기 시작했다. 정성을 다해 차곡차곡 염포를 입히고 마지막 이생에서의 어머니를 뵙는 가족들의 이별이 이루어졌다. 평생 어머니의 생이 손이 아닌 자식이 없었다는 2남 2녀가 어머니의 얼굴을 감싸며 오열했다. 작은 며느리의 자리에서 제대로 봉양하지 못했음에도 너그럽게 이해하고 배려하셨던 어머니의 조용한 얼굴에 두 손을 모았다. 어쩌나 얼음장 같은지 그 냉정함이 아파 눈물을 참기 어려웠다. 꾸덕꾸덕 말라가는 건조대에 널린 생선처럼 견고한 이별을 감지했다. 생명이 빠져나간 육신에는 마른바람이 폭력처럼 불어오는 모양이다. 시간의 두께에 휘감긴 마른바람이 젖은 나무의 물기를 빨아내고 있었다.

암으로 생명을 잃은 남편을 평시처럼 방 안에 모셔놓고 7년간이나 함께 생활했다는 가족의 뉴스가 보도되었다. 미라처럼 앙상한 시신을 살아 있는 사람이라 생각했다는 가족들은 식사를 할 때도 잠을 잘 때도 같이 했다고 한다. 하물며 외출할 때도 인사를 하고 다녀와서도 생시처럼 인사를 잊지 않았다는 것이다. 앙상하게 마른 육신을 매일 씻기고 관리했다는 아내는 어쩜 그 미라의 육신에 생명의 물을 부어 흐름으로 젖게 하고 싶었는지 모른다. 죽음을 살아 있음으로 인식했다는 약사 아내는 기도를 드리면 남편은 부활할 수 있을 것이라는 믿음을 지닌 신실한 기독교신자라고 한다. 다시 태어나도 남편과 같은 사람을 사랑하겠다던 아내의 바람은 마른 육신에 촉촉한 생명수를 부어주는 일이었다.

품에 안고 있던 겨울을 내려놓고 화창한 햇살을 누리에 비춰내는 봄날의 나무는 한창 줄기마다 생명수를 끌어 올리고 있다. 탱탱하게 물이 오른 나뭇가지에는 파릇한 생명의 筍이 돋아나 아기 눈망울 같은 물기를 머금었다. 살아 있다는 위대한 물 흐름의 싱그러움이다. 헌데 마른 나뭇가지 하나가 회색빛 거칠어진 살갗으로 생명의 눈을 틔우지 못하고 곁가지로 붙어있다. 어쩌다 생명줄을 놓아버렸는지 앙상히 마른가지는 손끝으로 건드리기 무섭게 꺾이어 땅에 떨어지고 말았다. 젖은 나뭇가지는 꺾이지 않지만 마른 나뭇가지는 뚝 외마디 호흡을 남기고 생존의 대열에서 사라지고 만다.

젖음과 마름 사이는 실낱같은 경계를 의도한다. 生과 死의 갈림길에서 젖고 마른다. 마르고 젖는다. 생명의 모든 존재들은 젖는 일이며 죽음의 모든 존재들은 마른다. 마른 씨앗 하나가 생명의 물줄기를 타고 살아 있는 동안 뿌리는 끊임없는 자맥질로 생명수를 땅속 깊이에서 끌어 올리고 있다. 나무가 살아 있기를 멈추지 않을 때까지 뿌리는 생명의 물을 긷게 되는 일이지만 언젠가 나무도 제 생명의 한계를 내려놓지 않을 수 없어 물 긷기를 거부하는 것이다. 다만 앙상히 마른 나무의 초연한 이별이 있어 새 생명의 씨앗이 잉태되고 있다. 촉촉이 젖은 눈망울의 생명을 탄생시키는 마름이 있어 나무는 저리 푸르다.

밖의 소음을 삼켜버리는 글방

나 혼자만이 머물 수 있는 유일한 공간, 누구도 간섭하거나 침범할 수 없는 이 공간이 내 글방이다. 여름이면 시원하고 겨울이면 다소 추운 이곳은 내 손길과 숨결로 익숙한 것들이 나와 함께 호흡하는 곳이다. 늘어나는 책들을 주체할 수 없어 벽면을 빙 둘러 붙여 놓은 책꽂이에는 결혼 전 직장생활하며 할부로 구입하여 모아 온 문학전집들이 있고 30년 문학수업의 흔적으로 쌓아온 수필집, 시집, 소설집, 희곡집, 그리고 몇 권의 이론서들이 조용한 몸짓으로 제 자리를 지키고 있다. 이 모든 것들은 내 유일한 재산이며 가슴 허한 쓸쓸함이나 아픔을 치유하는 위로의 대상들이다.

집의 지하층에 위치한 이 공간은 비교적 넓은 편이다. 작은 건물의 면적을 다 활용하여 마련된 곳이어서 나처럼 정리를 게을리하는 사람이 사용하기에는 안성맞춤이다. 이 글방의 문은 아침이면 열리게 되는데 밖의 일을 보기 위해 옷을 갈아입고 가방을 싸기 위한 내방이다. 현관문을 열면 가장 정면에 큰 십자고상이 있어 의식적으로 묵례를 하고 자연스럽게 들고 날 때면 '주님께 은총을.' 하고 기도한다. 물론 나는 천주교 신자이지만 주일을 지킬 뿐 주님의 사랑을 늘 죄송스럽게 받는 신앙심이 부족한 사람이라는 것을 안다. 그럼에도 불구하고 내 글방의 평화와 안녕을 늘 기원하고 그래야 마음이 편안해진다.

밖에서의 하루가 지나고 오후에나 귀가하게 되는 나는 아침에 닫아 놓은 문을 열고 하루내 가두어 놓은 공기를 순환시킨다. 편지함에 도착한 하루분의 우편물을 들고 들어와 정리하고 컴퓨터를 열고 인터넷의 정보 교환이 이루어지면 사방으로 늘어놓은 글방의 사물들에게 눈길을 보내게 되는데 조용히 응시하는 내 눈길의 끝에는 태어난 지 얼마 되지 않던 날의 손녀 손자의 맑고 순연한 모습을 바라보며 미소를 짓는다. 그 옆으로 아름다운 음악을 들려주는 오르골이 태엽을 감게 하고 작은 탁상시계가 몇 개 놓여 있다. 이것 저것 모아두는 일을 좋아하는 편이어서 관상하기 예쁜 초들과 한 번씩 눈을 맞춘다.

무엇보다 내 글방의 사물들 중에서 이들이 놓인 책꽂이를 지나치지 못하는데 분신과도 같은 수필집 14권과 시집 6권 작품론 2권 그리고 몇 권의 아동도서를 어느 때는 책상 위에 모두 펼쳐 놓고 한 권 한 권을 들추어 보곤 한다. 내 삶의 흔적이며 역사의 증거물이다. 년도에 따라 모양새가 다른 각각의 책들은 그때 그때의 삶을 반추하게 하고 때로는 아프거나 때로는 기쁜 일들에 빠져들게 한다. 한 편 한 편의 글들이 결국은 오늘의 나를 키운 것임에 분명하고 이만큼의 그릇으로 나를 빚어 놓은 채찍이었다 생각된다. 이럴 때면 나를 주관하시는 분께 감사드리곤 한다.

물론 어느 책이나 나름의 가치가 있고 소장하게 된 이유가 있다. 그중에 아끼는 책은 단기 4294년 삼중당에서 발간한 동서교양 명언집 「마음의 샘터」이다. '연희야 이 조그만 책이지만 읽으면 무엇이든 아는 것이 있을 것이다. 언제나 좀 더 나은 사람이 되기 위하여 노력하여야 될 것이다.' 52년 전 1961년 14살의 나는 동네 헌 책방 아저씨가 선물해 주신 이 책과 함께 성장해 온 것이라 생각한다. 어머니의 세상 뜨심이 얼마 지나지 않았던 시기 밤이면 베갯머리를 눈물로 적시던 때 이 한 권의 책은 커다란 위로가 아닐 수 없었다. '절망과 희망', '선과 악', '노력과 태만' 등 수없이 많은 의미로 나를 세웠던 책이다.

혼자 있으면 밖의 온갖 소음도 삼켜버리는 나의 글방은 조신한 여인의 침묵처럼 나를 빠져들게 한다. 어쩌다 하루 종일 머무르는 날이면 조용한 음악을 틀고 저 혼자 취할 때가 있다. 누구도 침범하지 않는 자유의 공간, 나는 이곳을 사랑한다. 이곳의 모든 사물들은 내 기쁨이며 눈물이며 행복이다. 간혹 창밖으로 들려오는 새소리도 있고 햇볕이 가득 스며드는 순간이면 가슴이 벅차오른다. 나와 함께 호흡하는 내 글방의 모두를 사랑한다.

십자가, 빌딩이 걸린 하늘

가을빛 가득한 하늘이다. 몇 갈래의 바람이 비질을 하듯 푸른 하늘을 쓸고 지나간다. 비질 끝에 쓸려 흐르는 구름의 움직임을 따라가는데 열린 살갗에 스치는 바람의 감촉이 제법 깊은 가을 냄새를 흩트려 놓고 있다. 하늘 한쪽에 걸린 플라타너스 나뭇가지도 손바닥 같은 잎으로 무심히 흔들거린다. 동네초입 7층 교회 건물 옥탑의 십자가는 흰 구름을 배경으로 두 팔을 벌리고 미동 없이 서 있다. 십자가에서 대각선으로 서있는 10층 건물은 실외 둥근 안테나를 옥상 귀퉁이마다 붙들고 있다. 4층 건물 꼭대기 유리창이 그려내는 이 한낮의 가을 풍경이 매우 한가롭다. 그러나 가을은 지난 겨울과 봄 여름이 감내한 인내의 결실이다.

현관문을 나서기 무섭게 완연한 가을 냄새다. 시각적인 풍요가 과일가게의 진열대에서부터 시작되는 것 같다. 붉고 노란 빛깔의 과실들이 윤기 흐르는 싱싱한 살갗으로 싸여 있다. 보기만 해도 감사로운 사과 배 복숭아 포도송이들은 각기 나무가 감내했을 등줄기에 흐르던 땀으로 이룩한 결과물이다. 골목길에 이르자 어느 날처럼 손수레 위에 폐지를 높이 쌓아올리는 등 굽은 할머니가 보인다. 당신의 키를 훌쩍 넘는 재활용

폐지를 굵은 고무줄로 돌려 묶어 움직이지 않도록 고정하고 있다. 갈퀴 손처럼 거친 할머니의 손놀림이 오늘은 제법 힘이 솟아 보인다. 수레 위에 쌓인 폐지를 다독이는 할머니의 굵게 주름진 낯빛은 저 큰길가 10층 높이의 건물만큼 눈부시다. 할머니는 지금 고단한 당신의 손길로 사과나무 한 그루를 가꾸고 있는 것이다.

성당에 이르는 길 좁은 골목을 지나려면 꽃들의 동네를 지나야 한다. 나이 든 할머니 한분의 꽃 사랑이 골목을 환하게 피워낸 것이다. 봄부터 가을까지 스티로폼, 혹은 버려진 항아리 할 것 없이 줄지어 온갖 꽃들의 뿌리를 담고 있는 화분이 즐비하다. 오늘은 자주색 종이꽃이 한 아름 줄기를 세우고 꽃송이를 피워내고 있다. 재래종 백일홍, 맨드라미도 가을을 보다 붉게 물들이는 몸짓이다. 꽃나무 한 그루가 꽃을 피우는 일처럼 세상을 아름다움으로 피워낼 수 있는 일은 거룩하다는 생각을 하게 된다. 꽃길을 지날 때면 바쁜 걸음도 숨을 고르게 되고 꽃들마다에 눈을 맞추게 되면 미소를 머금게 된다. 골목을 지나는 수많은 이들에게 행복을 나누어주는 할머니의 가슴 위에는 십자가가 반짝이고 있다.

횡단보도를 지나 인도에 올라 가로수 밑을 걷고 있는데 누렇게 바랜 플라타너스 잎 하나가 도망치듯 달려와 발밑에 멈춰 섰다. 뿌리는 아직 나무의 수맥을 통하여 수분공급을 지속하고 있는 모양인데 어쩌다 잎 하나가 여행길의 낙오자처럼 소통이 차단된 모양이다. 떨어져 내린 바스락거리는 낙엽의 길을 생각한다. 바람의 손길에 뒤채이다 흔적 없이 바스러질 앙상하게 메마른 몸이다. 저 들녘의 풍요 뒤에 시작하는 가을이 깊어가고 있다. 시인 이상윤은 '길 끝에 서면 모두가 아름답다.'고 했다. 시간의 재가 되기 위해서 조용히 타오르기 때문이며 올 때보다 떠날 때가 더 아름답기 위해 나무는 그토록 붉은 단풍의 옷을 입는다는 것이다. 그러나 때 이른 이별 앞에서 고운 단풍 물도 들이지 못하고 성급히 떠난 마른 잎 하나가 목에 박힌 가시처럼 아프다.

이 성스러운 가을을 맞이하기 위해 봄부터 뿌리를 내리고 싹을 틔웠던 나무들의 수고를 생각한다. 제 몸을 소진시키며 부화의 산실이 마지막 무덤이 되는 에어리 염랑거미의 종족 보존의 사랑은 세상 어떤 모성애로도 비견할 수 없는 어미의 사랑이다. 보글거리는 새끼들에게 자신의 골과 살을 다 내어주고 최후를 맞는 어미의 사랑처럼 수천 개의 사과를 휘어진 제 육신에 달아놓고 성숙되기를 기다리는 사과나무의 허리 굽은 헌신이 새삼 감사롭지 않을 수 없다. 아름다움은 고귀한 자기 희생의 산물이다.

가을은 하늘 위에 저 높은 빌딩을 세우기 위한 시간이며 공간이다. 세상 모든 크고 작은 욕망의 정점이 되는 이 계절에 비로소 삶의 의미에 눈뜨게 된다. 누에가 혼신으로 제 몸의 진액을 모아 은사의 가는 실을 뽑아내듯, 꿈과 희망이 제 몸의 헌신으로 영근다는 사실을 보여준다. 세상에 존재하는 모든 생물들이 꿈꾸어온 이 결실의 계절을 위해 나는 어떻게 자신을 투신하였을지 돌아보게 한다. 붉게 물들어 떠날 때의 아름다움을 남기는 단풍잎처럼, 제 육신을 자식을 위해 내어주는 에어리 염랑거미처럼 가을은 겨울, 봄, 여름의 헌신으로 키운 계절이다.

지연희 수필집

1백백 년의 그리움

어머님이 저 세상에 가신 지도 근 10년이 되어 간다. 생존해 계셨다면 아흔 다섯 살이다. 어머님을 처음 뵙던 날은 내 나이 스물 네 살의 여름이었다. 남편의 손에 이끌려 인사를 드리기 위해 뵈었던 그날의 어머님은 한복을 곱게 차려입으셨다. 눈가에 미소를 지으며 경상도 말씨로 시작하신 첫 말씀이 잊혀지지 않는다. 살을 좀 찌워야겠다는 말씀이었다. 지금처럼 집요하게 다이어트를 하던 시절도 아니었는데 나는 매우 마른 편이었다. 그 어머님은 오십 중반 34세에 남편을 잃어 4남매를 홀로 키우고 둘째 아들의 짝이 될 사람인 나를 만나고 계셨던 것이다. 그러나 식당 맞은편 의자에 홀로 앉아 계신 어머님은 참 외로워 보였다.

어머님은 한 번도 시어머니의 불호령 같은 엄격함을 보이지 않았다. 신교육을 받으신 신여성다운 너그러운 이해력을 보여주셨다. 다만 선대의 어른이 정승을 지내신 분들이 계시다면서 버들 류가의 자긍심을 지니신 어른이었다. 흐트러지지 않은 모습이나 말씀만으로도 가볍지 않은 분임을 느낄 수 있었다. 일본 유학길에 만난 인연으로 귀국하여 혼인하고 6.25 동란 때는 대구시 칠성동 동장이셨던 남편을 내조하여 지역

주민들을 도왔다. 부녀회장으로 피난민 구호에 앞장서던 활동적인 여성이었다. 그러나 어머님은 어느 날 불현듯 찾아온 남편과의 사별을 묵묵히 받아들이고 생활전선이라는 힘겨운 현실을 이겨내야 했다. 34세에 청상이 되신 것이다.

2000년대의 새 날이 밝아오고 세상은 21세기를 맞는 희망으로 온통 들떠 있었다. 어머니가 병원에 입원하시기를 반복하더니, 급격히 체중이 줄고 끼니를 소홀히 하셨다. 팔목과 발목은 앙상한 나뭇가지처럼 마르기를 거듭했다. 그런 어머님은 어느 날부터 가족 앞에서 유언처럼 말씀하시기 시작했다. 내가 죽거든 깨끗이 화장해서 강물에 뿌리라는 것이다. 요즘 사람들 성묘하기도 힘들 만큼 바쁘지 않느냐는 것이다. 점차 장례문화도 바뀌어야 한다는 어머님다운 말씀이었다. '아, 정말 그렇지 앞으로는 그런 시대가 될지도 몰라.' 우둔한 나는 어머님 말씀을 그대로 믿고 있었다.

어머님의 병세가 더욱 악화되어 기동을 하실 수 없게 되고 장기 입원 중이었다. 어느 날 주말 어머님 병세를 지키며 입원실에서 밤을 세웠다. 때로는 혼미한 상태로 횡설수설하시던 어머님이 "나 죽으면 화장할 거니?" 불현 듯 말씀하셨다. 나는 잠시 생각에 잠겼으며 어머님이 그렇게 하라고 하셨잖아요 하려다가 그게 아니라는 것을 알아챘다. 어머님도 아무 말씀이 없었다. 어머님은 오랜 천주교 신자로 묵주를 손에 쥐고 기도하고 계셨다. 그리고 눈가에 눈물줄기를 흘리며 오랜 시간 기도를 드렸다.

"어머니 화장 안 해요."라며 걱정하지 마시라고 손을 잡아 드리자 어머니는 그제야 본심을 드러내셨다. "나 화장하지 마라, 50년을 떨어져 살았는데 내 몸을 불태우면 죽어서도 그 사람 곁에 갈 수가 없을 것 같아 안 되겠어." 입이 마르도록 자식들 앞에 화장하라하시던 말씀은 진심이 아니었던 것이다. 어머님의 죽음의 의미는 바로 아버님과의 재회였다는 것을 알았다. 온전한 몸을 지녀야 아버님을 만날 수 있다는 생각이었다. 얼마나 그리워하며 이생의 삶을 견디어 오셨을지 생각하면 50년 어머님의 사랑은 만날 수 없는 이별의 슬픈 시간들이었지만, 변치 않는 영원성으로 아름답다는 생각을 하게 된다.

지금 어머님은 아버님과 함께 누워 계신다. 50년 무덤 속에서 아내를 기다리던 아버님의 육신은 손가락 한 마디 뼈 하나로 응집되어 비로소 새집에 합장되었다. 아버님이 기억하게 될 어머니의 온전한 모습은 50년 그리움을 풀고 다정히 손 마주잡고 계실 것이라 믿는다. 금년 추석 한가위, 장성한 내 두 아들과 손자 손녀들이 증조할아버지 할머니의 봉분 위 잡초를 걷어내고 분주히 잔디를 다듬고 있었다. 듬직하고 흐뭇했다. 어머님은 지금 가슴 깊은 오랜 그리움을 얼마나 풀어내셨을까 궁금하다. 어머님의 환한 미소가 보이는 듯하다.

내 기억 속 고향의 통로에는

기억 속 고향의 통로에는 어머니의 포근한 가슴 같은 애틋한 그리움의 시간이 있다. 문을 열면 빛바랜 사진첩처럼 조용히 시간의 페이지를 넘기게 되는 아련한 어린 날의 저장고이다. 청주는 태어나고 성장하던 생활 터전임에도 불구하고 틈만 나면 달려가던 시골집이 있는 데 큰 이모와 작은 이모가 사시던 곳이다. 이모님 댁이 있는 정봉과 옥산의 시골마을은 산언덕과 시냇물, 꽃과 나무 기와집 몇 채와 초가집이 있는 작은 마을이었다. 주로 주말과 방학이면 그곳이 내 집이었지만, 설이나 추석명절이면 빨강치마에 색동저고리를 받쳐 입고 어머니 손을 잡은 언니와 내 모습을 그려 넣은 곳이다. 고작 20분의 기차를 타면 도착하던 두 이모님 댁은 내 자연학습의 보고였다는 생각이다. 지금도 나는 그곳이 내 소중한 고향의 정서를 여는 사립문이라는 것을 확인하고 있다.

기차를 타기 위해 역으로 가는 길 내내 나는 신이 나 깡충거리며 청주역으로 달려가곤 했다. 기차표를 사거나 역무원의 제재를 받지 않던 역사를 지나면 철로 변에 피어있는 무궁화와 코스모스가 눈길을 잡았다. 플랫폼에 들어서면 저 멀리 역내에 들어오는 기차가 보이고 꼬리를 떨어뜨린 푯대가 보였다. 칙칙 폭폭 칙칙폭폭 기적을 울리며 하얀 연기를 뿜어내던 디젤기관차가 푸른 하늘을 배경으로 점점 가까이 레일 위를 달려올 때는 한 폭의 아름다운 그림이었다. 속도를 낮추며 역내에 들어온 기차의 기관사는 투포환을 던지듯 정복차림의 역무원 팔목에 둥근 원을 던져주곤 했다. 어린나이에도 꽤 멋스럽게 그 모습을 바라보곤 했는데 고전영화의 한 장면처럼 기억에 남아있다.

큰 이모 집이 멀리 보이던 지금의 청주역사로 변모한 정봉 역 근처에는 코스모스 맨드라미 봉숭아꽃이 지천이었다. 철길 양 옆에 쭉 늘어선 연분홍빛 코스모스의 가냘픈 꽃잎이 엷은 바람에 흔들릴 때나, 고추잠자리 한 마리가 꽃잎 위에 앉아 있게 되면 도심에서 만날 수 없는 기쁨일지 무조건 신이 났던 것 같다. 언니와 나는 저만큼 마을언덕에 앉아 기차에서 내리는 우리들을 확인하고 손을 흔드는 이모를 향해 달려가곤 했다. 이모는 당신의 몸으로 자식을 낳으신 적이 없는 분이었던 까닭으로 유난히 우리 자매를 친자식처럼 거두셨던 분이다. 숨 가쁘게 언덕을 뛰어 올라 이모에게 달려가면 이모는 하얀 무명앞치마에 우리를 품어 안아 주셨다.

추석이 가까운 처서가 지난 가을 초입이면 누렇게 익어가는 벼이삭의 황금들녘을 풍요롭게 바라보게 된다. 그때 동네 친구들과 나는 큰 병을 들고 메뚜기를 잡으러 다녔다. 때로는 풀줄기에 메뚜기를 줄줄이 꿰어 논두렁을 누비기도 했다. 폴짝 폴짝 벼잎 사이를 뛰어다니는 메뚜기를 움켜잡고 몇 시간을 헤매고 다니면 큰 정종 병 가득 차오른 메뚜기는 기력을 잃은 채였다. 논과 밭으로 즐비한 정봉과 옥산 사이의 드넓은 벌판은 자연학습장이었다. 메뚜기가 담긴 병은 연못가 밭두렁에 던져 놓고 연못 물위에 거미줄처럼 매달려 있는 세모꼴의 열매 마름을 따 먹 던 일은 매우 흥미로웠다. 허기진 배를 채워주던 마름은 가시가 있어 손 에 상처를 주기는 했지만 동네 아이들을 따라 다니며 머루 달래 산딸기 를 따먹던 달콤함 못지않은 자연이 주는 고마움이라는 것을 알게 했다.

초등학교 2학년 무렵이었다. 정봉에서 작은 이모 집이 있는 옥산으로 언니와 함께 한 시간 가까이 걸어 미호천 다리를 건너 옥산 초입에 닿았 다. 가을이 아직 깊지 않았지만 이곳저곳 붉고 노랗게 익어가는 과실이 보였다. 길가에 탱자나무 울타리가 있는 사과나무 과수원은 유독 눈길 을 끌었는데 탱자열매는 넝쿨 잎 뾰족한 가시 사이에 노랗게 익어 매달 려 있었다. 나는 사과나무 울타리를 삥 둘러놓은 탱자나무에 관심이 있 었던 것은 아니었다. 울타리 밖으로 가지를 뻗어내고 있는 수줍은 아이 의 붉은 낯빛 같은 사과하나가 욕심이 난 것이다. 순간 팔을 뻗어 금단 의 열매를 따 품에 안고 달리기 시작했다. 남의 물건을 훔친 씻을 수 없 는 죄를 알아차린 것이었다. 사과는 내 책상 위에 한동안 그 아름답고 빛 나는 색감으로 놓여 있었다. 윤기를 잃고 물기가 마르는 것을 바라보면 서 안타까워하던 어린아이의 아름다움에 대한 욕심을 생각한다. 이후 수십 년이 지나도록 그 곳을 지날 때면 지워지지 않는 기억의 향기와 냄 새를 맡게 되곤 했었다.

고향은 불빛 찬란한 도심의 정서를 닮으려 하지 않는다. 최소한 산이 있고 드넓은 들이 며 숲이 있어야 한다. 푸른 하늘 아래 야생화가 피어 있고 고추잠자리 무리가 선회하는 산들바람이 불어오는 곳이다. 초가지붕이 있고 지붕 위에 박 덩이가 달빛으로 환한 최소한 자연의 손길이 살아 있는 순수의 공간이었으면 싶다. 그러나 그 바람 속의 고향은 점점 도시화되어 옛 정취를 잃고 있다. 현대화 문물에 젖어 농촌의 생활도 간편화되어 살기에 불편을 덜고 있지만 비록 생활상은 기계화될지라도 개구리가 울고 귀뚜라미 우는 자연의 소리가 살아있는 고향의 때 묻지 않은 숨결을 듣고 싶다. 어린 시절 그토록 즐겨 찾던 이모님 댁은 내 고향의 산실이며 기억의 보물창고였다.

———

나비

빛 붉은
彩雲의 꽃을 향한 쉼 없는
날갯짓

두 팔을 뻗어
닿기로의 저항, 너에게 물든
펄럭임이

겹겹의
더듬이로 일어서
빛 밝은 하루의 문을 열고 있다

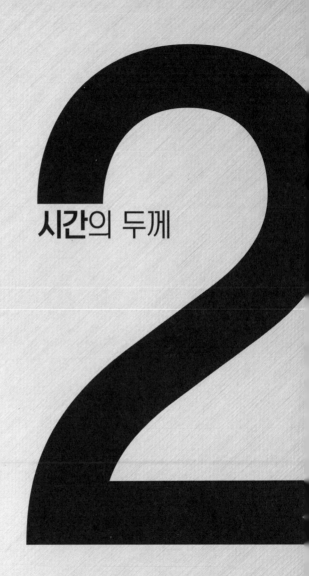

시간의 두께

2

가을 빛 언어

남지는

관계의 끈

열여섯의 설렘과 두근거림

미안합니다

면벽의 자세로 맡긴 수도승의 가부좌

조락의 의미

쉴 새 없이 깨어 있으라는 주문 속에서

시간의 두께

지나간 시간의 흔적은 아름답다

가을 빛 언어

나뭇잎이 가장 아름다운 빛으로 잎의 마음을 비추어 내는 계절이다. 신비로운 색감으로 계절이 계절의 시간을 넘어 서서히 물들기 시작할 때면 노오란 은행잎 떨어진 길을 걷던 등굣길이 그립다. 노오란 나비 떼의 날갯짓으로 떨어진 잎새를 주워 책갈피에 끼워 넣고 내달리던 길-. 감각의 촉수로 흔들리고 있는 저 가을바람의 몸짓 또한 가을을 읊는 한 편의 대 서사시라는 것을 알게 된다. 시의 언어로 채색된 아름다운 그림들이 온 산천을 물들이고 있는 이즈음 곁에 없는 사람들의 행방에 대하여 생각한다. 붉고 노오랗게 타오르는 가을빛 언어, 시인보다 먼저 시를 쓰는 나뭇잎의 언어를 통하여 세상에 존재하지 않는 생명의 언어들과 만나게 된다.

맑은 영혼의 순수를 짚어내던 단풍 빛 나뭇잎이 종내에는 떨어지고 만다는 깊은 은유의 메시지는 물들기 무섭게 시작되었다. 하얀 백지에 여과 없이 스며드는 물방울처럼 순연한 빛의 노오란 은행잎들이 포도 위에 소리 없이 떨어지기 시작했다. 가을비처럼 조용조용한 몸짓으로 낙하하는 낙엽의 춤은 어쩌면 무심한 사람들의 발에 밟히는 일을 두려워한 나뭇잎의 슬픔인지 모른다. 은행잎의 군무가 이어진다. 무리로 떨어지는 낙엽의 군무는 노오란 나비 떼의 비상이다. 2014년 4월의 대한 민국을 슬픔의 바다로 수장시키던 세월호에 희생된 파릇한 나이의 아이들 영혼인지 모른다. 앙상한 나목으로 망연히 바다를 바라며 서 있던 자식을 잃은 어버이의 슬픈 얼굴이 지워지지 않는다.

낙엽은 봄부터 몸을 빌려 살아온 나무에서 떨어져 이별의 아픔을 감내해야 하는 숙명을 지녔다. 하여 앙상한 맨몸의 나무는 거스를 수 없는 자연의 순리를 무소유의 깊이로 묵상하고 있다. 버림으로 하여 얻는 깨달음 같은 것, 세상의 모든 모순에 대한 치유일 것이다. 나무는 또 다른 생명 탄생을 위해 잠시 쉬어 가기를 거부하지 못하지만 맨몸의 가벼움을 가을나무는 보여주고 있다. 처음부터 소유한 것은 없었으므로 나뭇잎은 저리 가볍게 떨어져 내리고 있다. 깃털보다 가볍게 세상을 등진 무소유의 선각자 법정스님이나 성철스님은 가지에서 떨어진 하나의 낙엽이었다. 가벼움의 아름다움을 꽃잎처럼 피워 올리는 낙엽의 침묵을 본다.

갈대는 가을의 상징적 식물이다. 쓸쓸한 혹은 외로움의 언덕에 서서 가슴 시린 이들을 위로하는 가을하늘 밑 들녘의 주인이다. 화려한 꽃나무처럼 드러나지 않는 모양새로 계절이 소유한 허허로운 마음을 다독이고 있다. 다만 갈대는 저 혼자가 아니어서 아름답다. 서로 서로 어깨를 마주하고 바람의 속삭임에 귀 기울여주는 따뜻한 마음의 소유자가 된다. 어떤 의미에 집착하지 않는, 바람 부는 그대로 물결이 되어 흐르는 순연한 숨소리를 들려주는 갈대는 쉬이 꺾이지 않는 속성을 지녔다. 그러나 바람의 손끝에 순종하던 갈대의 마른 잎도 줄기에서 떨어져 대궁만 앙상히 남은 초췌한 모양을 남긴다. 가슴 시린 우주의 질서이다.

야위어가는 가을나무 가지 끝에 그리움은 숨 쉬고 있다. 나무가 지녔을 봄날의 햇살과 여름의 싱그러운 나날들이 기억의 터널 속에서 웅크리고 앉아 있다. 세상 속에 놓여진 수많은 그리움의 이유 가운데에 어느 그리움인들 아프지 않은 것은 없다. 10년 넘게 동고동락했던 애완견 한 마리가 돌연한 사고로 숨을 내려놓자 3개월이 넘게 식음을 잃고 있는 여인을 보았다. 하루 종일 곁을 지키던 녀석의 빈자리가 너무나 커 눈물을 흘리고 있다. 떠나보내는 이별의 저 후미에는 지우지 못하는 아름다운 시간들이 숨 쉬고 있는 까닭이다. 겨울로 가는 길 시간의 저 끝 어둠의 자락에는 아름다운 날들의 추억마저 바람에 지워지고 야위어버린 나뭇가지의 내력이 낡은 깃발처럼 나부끼고 있어 아프다.

앙상한 나신으로 서 있는 나목처럼 메마른 노인의 기억 속에 담긴 아름다운 젊음의 나날들이 희미한 안개의 휘장에 덮여 있어 숙연해진다. 자연은 피고 지는 속성 속에서 성장하고 소멸한다. 이 벗어날 수 없는 생멸의 이치를 유독 저 나목의 가을 나무가 보여주고 있다. 아들 딸 혼신으로 성장시켜 출가시키고 홀로 거푸집 같은 초가에 묻혀 문풍지에 스며드는 찬바람으로 연명하고 있는 팔순노모가 아프다. 마른 북어처럼 깡그리 마른 육신으로 누워있는 노모가 기다리고 있는 것은 겨울 삭풍이다. 이제 어떤 봄날의 꽃피움도 꿈꾸지 못하는 노모에게 무수한 가지에 피워내던 잎새들은 사라지고 없다.

지구촌에 터를 잡고 있는 생명의 입자들은 매 순간 눈을 뜨고 매 순간 소멸된다. 생명이라는 이름으로 한 아이가 태어나고 한 사람이 세상을 떠나는 이별을 매 순간의 분초에 다투어 맞이하게 되는 순환고리이다. 플라타너스도 가을에는 잎을 버리고, 은행나무도 잎을 버린다. 4월이면 그 눈부신 꽃송이를 피워 올리고 잎을 돋아내던 벚꽃나무도 앙상하게 잎을 버리고 있다. 그런데 오늘 저녁 나는 찌개를 끓이려 검은 비닐 속에 싸여 있던 한 알의 어미감자가 몸 밖으로 생명의 씨눈들을 촘촘히 돋아 올리고 물끄러미 내 눈을 바라보고 있는 모양을 발견했다. 생명의 경이이며 놀라움이었다. 살갗의 이곳 저곳에 뾰죽 뾰죽 솟아난 무리들을 손끝으로 건드리자 꽃봉오리처럼 떨어졌다. 탱탱하게 살아있는 생명의 힘을 버릴 수 없어 얇은 접시 위에 물을 담아 올려놓았다.

　　조락의 의미로 이 가을이 펼쳐내는 수많은 언어들을 하나하나 귀를 열어 듣고 있다. 그 언젠가 시작되었던 빛나는 생명의 씨앗들이 성장하여 소멸이라는 허망함으로 우리 곁을 떠나지만 그들이 삶이라는 질곡의 시간을 건너며 아직 살아 있는 대상들에게 남긴 것은 무엇일까 손끝으로 감각해 내야 한다는 것이다. 황금빛으로 눈부시게 대지 위에 가득 쌓아놓은 은행나무의 혈육들을 바라본다. 노오란 나비떼들이 군무를 춘다. 어디론가 떠나야 할 길을 찾고 있다. 뛰는 맥박으로 살아 있다는 이 생명의 존엄한 가치에 대하여 누군가에게 감사하고 있다. 겨울로 가는 길목 깊은 가을, 빛으로 존재하는 나의 절대자인 분, 그리고 함께하는 모든 이웃들에게 눈을 열어 눈인사라도 전해야 할 것 같다.

남자는

연속된 무더위를 식히느라 지난밤 내내 비가 내렸다. 동이로 쏟아 붓는가 싶더니 우두둑 지붕 위에 우박 떨어지는 소리가 들렸다. 마침내 천둥번개가 일고 우르릉 꽝꽝 반복되는 굉음이 귓전을 흔들었다. 그리고 어설픈 잠이 들었나보다. 눈을 뜨기 시작한 것은 어둠의 휘장이 서서히 걷히는 새벽, 조각창문으로 뿌옇게 안개를 덮고 있는 산자락이 눈에 들고 분주한 참새 떼들의 모닝콜이 경쾌하게 들려왔다. 침대에서 일어나 유리문을 옆으로 밀자 찬 공기가 폐부에 스며들고 멀리 도로를 달리는 차량의 소음이 조금씩 하루를 깨우고 있었다. 간밤 내리던 빗줄기는 4층 작은 화단 주변의 시멘트 바닥을 깔끔하게 쓸어 놓았나보다. 싸리비로 쓸어 놓은 마당 같았다. 비로소 새벽을 여는 동녘의 먼빛은 서서히 어둠 속에 갇힌 생명의 씨앗들을 깨우기 시작했다.

무슨 휘몰아치는 파도의 쫓음 있었을까. 살갗 해어진 몸으로 화단 옆 하수구 앞에 누워 있는 지렁이 한 마리가 간밤 젖은 하늘을 무겁게 이고 있다. 엷은 S자의 곡선을 그려 놓고 기력을 잃은 듯 싶다. 어떤 비상飛上을 향한 풀무질이었는지 꼼짝하지 않고 있다. 안간힘으로 치달아 온 등반이었을 것이다. 빛 하나 없는 지름 30㎝하수구 배관 어둠의 통로,

팔 하나를 뻗어 높이를 잡고, 팔 하나를 뻗어 발을 딛는 반복된 땀방울로 안착한 육신이 애처롭다. 지하 하수구를 기점으로 1층에서 4층 높이까지 그가 달려온 고단한 생존의 흔적을 가늠해 본다. 쏟아지는 오수汚水는 얼마나 역겨웠을지.

지난 주 토요일 오후 10시가 넘은 시각, 아직도 서울역 광장은 인파로 분주했다. 광장을 빠져나와 대중교통을 이용하기로 했다. 버스 정류장을 향하려는데 서너 걸음 쯤 앞에 길게 누워있는 검은 물체가 길을 막았다. 천막뭉치를 둘둘 말아 놓은 형상이어서 뛰어 넘어야겠다는 생각에 무심코 발길을 재촉하다가 멈춰 섰다. 단순한 물체로의 존재가 아닌, 살아있는 생명의 기운을 느낄 수 있었다. 약간의 곡선으로 상체를 구부린 머리 쪽에 거의 드러나지 않는 얼굴이 숨겨져 있었지만 손과 발도 보이지 않았다. 얼핏 바라보면 완곡하게 버려진 어둠의 뭉치임에 분명했다. 그는 대한민국 어느 지역에서나 밤낮 가리지 않고 상경하는 사람들의 진입로인 서울역 광장을 여봐란 듯이 차지하고 아무런 미동도 보이지 않았다.

남자였다. 멈춰선 걸음으로 내려다 본 그의 청사진은 검은 베일에 싸여 다 해어진 너덜거리는 폐허였다. 과거의 생을 버리고 현재의 생을 버리고 미래의 생을 구겨버린 바람 다 빠진 고무풍선의 거죽을 뒤집어쓰고 있을 뿐이었다. 조용히 미동 없이 구부려 누운 몸으로 무슨 말을 하고 있는 것일지 돌아서는 발걸음이 아팠다. 얼마큼 뛰어오다가 넘어져 이곳에 안주하려 한 것일까. 얼마나 아름다운 새의 날개를 달고 비상하다가 추락하여 이곳에 닿은 것일까. 얼마나 높은 산을 오르려다 다시는 오르지 못할 등반으로 굴러 떨어져 하산하고 만 것인지. 어떤 반복된 좌절이 한 걸음도 나아갈 수 없는 깊은 절망의 나락에 밀어 넣고 말았을까를 생각했다.

남자의 눅눅한 머리카락 밑에는 붉은 노끈으로 칭칭 동여진 보따리 하나가 있었다. 베개처럼 베고 있는 검은 내력이 좀체 궁금증을 내려놓게 하지 않았다. 버스를 타고 집으로 향하는 내내 나는 그의 보따리를 풀어내고 있었다. 어쩌면 남자가 걸었던 삶의 오색실들이 기름진 손때로 얼룩져 차곡하게 접혀 있을 것만 같았다. 현관에 나와 출퇴근을 돕던 아내의 목소리가 들리고, 아이들의 웃음소리가 하루의 피곤을 풀어내던 내밀한 가정의 역사가 끊어진 일기장처럼 싸여 있을 것만 같았다.

시간은 멈춤 없이 흐르고 있다. 그 변함없는 시간의 레일 위에 생명은 숨소리를 높이기도 하고 숨소리를 낮추기도 한다. 한때는 온갖 열정으로 시간을 쪼개며 거듭된 성과로 기쁨의 나날을 살아온 적도 있고, 한때는 온갖 힘으로 산정을 올라도 닿을 수 없는 좌절이 이카로스의 새를 닮게 한다. 묵묵한 시간 속에 묻혀 사는 것이 생명을 지닌 존재들이 감당해야 할 행로이다. 검은 어둠의 물체로 누워 있는 하수구 배관을 타고 올라온 기력을 잃은 지렁이 한 마리가 서울역 광장에 누워 있는 것이다. 기적을 바란다면 검은 어둠의 베일을 훌훌 벗어내고 일어서 걸어가는 남자의 모습을 보고 싶다. 밤의 어둠은 찬란한 아침의 씨앗을 잉태하여 분만하는 신비의 힘을 내장하고 있는 까닭이다.

관계의 끈

짙은 녹음의 6월 숲이다. 키 작은 산딸나무, 청단풍나무, 이 팝나무 들이 서로 키재기를 하며 몸을 흔들고 있다. 마치 개구쟁이 소년 인 돌이와 꽁이처럼 서로 몸을 당기거나 부딪치기도 하며 숲의 동심을 자아내고 있다. 한 걸음 더 나아가 낮은 자세로 앉아 아름드리 굵은 나무 밑둥을 내려다보면 선태식물인 이끼들의 조용한 속삭임을 들을 수 있다. 잎과 줄기의 구별이 분명하지 않아 서로 스크럼을 짜듯 무리를 이루고 있는 모양이 마치 럭비선수들 같다. 서로 똘똘 뭉쳐 머리를 낮추고 몸을 끌어안고 있는 듯 단결된 모양새다. 너와 나의 끈으로 올곧게 연결된 관계의 회로 속에 다소곳이 숨 쉬고 있다.

나뭇가지와 바람, 그리고 나뭇잎- 그들 사이로 스며와 반짝이는 햇살을 바라보면 모두가 환한 웃음을 짓고 있다. 무슨 기쁨인지 몰라도 무슨 행복인지 몰라도 가지를 흔들던 바람과 그 바람의 손끝에서 춤을 추는 나뭇잎이 얼마나 아름다운지 모른다. 햇살의 미더운 숨결이 이들의 일상을 윤기 나게 어루만진 결과이다. 매일 아침 눈을 뜨면 어제와 같은 아침이 창문가에 햇살을 앉혀놓고 참새 몇 마리 전깃줄에 지저귈 때면, 내 새 날의 삶이 무엇인지 알 수 없는 기쁨과 희망으로 가득해진다.

한 걸음 돌아서면 누군가 내 곁을, 무엇인가 내 곁에 눈을 맞추고 있다는 안위이다.

죽녹원 대숲 속에 들어서면 조용한 미풍으로부터 시작하여 서서히 세기를 더하는 대숲의 숨소리를 듣게 된다. 쏴아 쏴- 모래사장에 밀려드는 바닷물의 청정한 音調음조 같기도 하여 눈을 감아 보았다. 6월의 대숲이 전하는 밀어일지도 모른다는 생각에 걸음을 더하다가 먼 듯 가까운 듯 취각을 흔드는 향기에 걸음을 멈춰서고 말았다. 바람이 전해주는 선물이었다. 미세한 향기에 취하고 나서야 하늘 높은 높이의 대나무 밑 불쑥불쑥 솟아오른 죽순들과 눈을 마주쳤다. 저 어린 생명들이 있어 죽녹원 숲의 역사는 겹겹이 이어질 것이라는 믿음으로 존재하고 있었다. 너와 나로 잇는 은밀한 관계의 시작을 보았다.

사람의 숲에 들어서면 도로변 수없이 많은 인파속에서 옷깃 하나만 스쳐도 전생의 인연에 연유한 것이라 말하고 있다. 산딸나무, 청단풍나무가 소나무 곁이나 자귀나무 밑에 뿌리를 내려 사는 까닭도 전생의 인연에 연유한 것이라 한다. 시인 한 분이 카카오톡에 탤런트 김수미와 김혜자의 우정 어린 미담을 보내와 감동스럽게 읽었다. 남편의 사업 실패로 빚더미에 앉은 김수미의 사정을 알고 김혜자는 전 재산이 든 통장을 내 주었다고 한다. 힘들고 어려울 때 기꺼이 전 재산을 내어 줄 수 있었던 김혜자에게 김수미는 자신의 목숨까지 내어 놓을 만큼의 사랑을 보내고 있었다. 긴박한 삶의 순간을 맞이했을 때, 신뢰와 사랑을 나눌 수 있는 관계의 한 사람이 곁에 있다면 참으로 소중한 인연이며 행복을 누릴 수 있는 사람일 것이다.

숲은 때로는 잠잠하고 조용한 고요의 늪이 되기도 하지만, 가끔은 폭풍우 몰아치는 아우성으로 혼돈스러울 때가 있다. 불협화음의 대상과 대상들이 서로 등을 돌리는 관계가 되어 기둥이 무너지고 가지가 꺾이는 아픔을 겪고 있다. 뜻하지 않은 폭풍우가 숲을 비집고 가지를 휘어잡으면 아름드리 느티나무도 키 낮은 나무들의 몸체를 무너뜨리고 만다. 양식 없는 무뢰한들이 어린 소녀들의 아직 피워내지도 못한 꽃봉오리를 꺾어 놓고 평생 상처의 아픔으로 앓게 하는 이 참담한 현실에 슬퍼하지 않을 수 없다. 잘 가꾸고 다듬어 미래의 재목으로 키워내야 할 꽃나무 한 그루였다. 너는 누구이고 너와 관계를 소통하고 있는 나는 누구로부터 비롯되어 세상을 호흡하고 있다는 깨달음이 더욱 필요한 시기인 듯 하다.

가까이 곁을 이루는 너와 나의 관계는 더욱 상처가 되기 쉽고, 상처를 입기 쉽다. 그러나 믿음이라는 신뢰가 서로에게 놓여진 불신의 벽을 무너뜨릴 수 있는 디딤돌이 되겠지만 삶은 너와 나를 잇는 소중한 관계의 끈이다. 너의 곁에 낮은 자세로 서 있는 '나'일 수 있고 '너'일 수 있다는 이 아름다움이 어쩌면 하루에 절은 고단을 치유하고, 내일을 여는 희망으로 존재하는지 모른다. 무심코 곁을 이루더니 어느 날 네가 대관령 자연 휴양림의 한 그루 아름드리 소나무가 되어 내 곁을 지키고 있다는 사실에 눈을 뜨게 되는 고맙고 은혜로운 일, 이 인연을 사랑하지 않을 수 없다.

열여섯의 설렘과 두근거림

봄날의 햇살이 수정 빛으로 대기에 내려앉는 골목길이며, 골목길의 낮은 담장 위에 아련하게 너울거리던 그런 날이었다. 집배원 아저씨가 건네준 하얀 편지봉투에는 낯선 이름이 발신인의 자리에 잉크 물을 들여 놓고 있었다. 분명한 것은 내게 온 편지였다는 것이다. 지체하지 않고 편지봉투를 열었다. 불현듯 편지를 띄우게 된 무뢰를 용서하라는 내용의 서두로부터 시작된 편지를 읽어 내려가며 나는 가슴에 불이 붙은 듯 뜨거운 열기와 함께 불규칙하게 두근거리는 심장의 박동을 느낄 수 있었다. 열여섯 살 이성의 눈을 틔우던 맨 처음의 편지이며 연서이기도 했다.

우리 집 뒷산에는 풀이 푸르고/숲 사이의 시냇물 모래 바닥은/파아란 풀 그림자 떠서 흘러요.//그리운 우리임은 어디 계신고/날마다 피어나는 우리 임 생각/날마다 풀을 따서 물에 던져요.//흘러가는 시내의 물에 흘러서/내어던진 풀잎은 엷게 떠갈제/물살이 해적해적 품을 헤쳐요.//그리운 우리임은 어디 계신고/가엾은 이내 속을 둘 곳 없어서/날마다 풀을 따서 물에 던지고/흘러가는 잎이나 맘해 보아요.

– 김소월의 시 「풀따기」 전문

충남 온양이라는 발신지를 달고 날아 온 편지는 서울에 유학하여 D고등학교에 재학 중이던 남학생이었다. D고등학교 근처에 살고 있었지만 얼굴을 기억할 만큼 그를 알지 못했던 나는 다만 알 수 없는 울렁증으로 가슴이 뜨거워지는 난감함을 경험해야 했다. 그는 검정 교복을 반듯이 차려입고 어느 날 내 집 옆 빵집 앞에서 내게 인사를 하던 학생이었다. 나는 참으로 알 수 없는 감정의 늪 속으로 빨려드는 신비를 경험했다. 무슨 까닭에 어쩌면 그렇게 가슴이 콩닥거리는지 편지를 읽는 내내 손가락 끝에 경련이 일기도 했다. 그가 보낸 편지의 요점은 자꾸만 생각이 나 더 이상 견딜 수 없는 마음을 글에 담아 보낸다는 애절한 내용이었다.

전혀 예기치 않았던 이성으로부터의 첫 편지는 거듭된 횟수만큼이나 거듭하여 마음을 흔들어 놓았다. 그의 편지는 오월 아카시나무 꽃향기처럼 은은하게 마음 속속이 파고드는 감미로움이었다. 특히 김소월의 시 한 편씩을 써 보내주던 그의 편지는 어쩌면 내 시문학의 가느다란 실뿌리를 심어주던 근원이 아니었을까 싶다. '못 잊어', '산유화', '금잔디', '먼 후일', '그리워' 등 온통 소월 시의 정취에 젖어 들게 했다. 특히 그리워한다거나 잊지 못하겠다는 내용이 담긴 시어를 통하여 그는 자신의 마음을 간접적으로 전하는 듯했다. 그렇게 그의 편지는 하루가 지나기 무섭게 쌓여 가고 나는 어느새 대문을 들어서기 무섭게 우체통을 확인하는 습관에 길들여졌다.

봄날이 다 가고 여름이 지나도록 그는 고향의 소식을 쉬지 않고 전해 주었다. 어느 날은 논에 심은 벼가 파릇하게 자라 녹색 물감을 뿌려 놓은 듯 싱그럽다거나 비가 많이 오는 장마철이면 개구리 울음소리가 잠을 설치게 한다는 풋풋한 내용이었다. 아마도 나는 그의 편지에 묻은 풀냄새 가득한 자연의 아름다움에 빠져 있었던 것은 아닐지 모른다. 무엇보다 개울가에 앉아 있는 그의 모습을 상상하면 이른 아침 풀잎 위의 이슬방울 같은 순수의 아름다움을 생각하곤 했다. 스쳐 지난 얼굴 이상의 확연하게 그려낼 수 없는 얼굴이었지만 그를 향한 마음은 조금씩 조금씩 깊어 갔다는 생각이다.

막연한 설렘 같은 것, 두근거림은 봄날 아련하게 사위에 스며드는 안개처럼 여과 없이 가슴에 젖어들기 시작했다. 사촌오빠와 동 학년이라는 것뿐 그를 다 알지 못했지만, 그럼에도 그의 편지는 소중하게 간직했다. 하루가 멀게 날아오던 편지는 책상 서랍에 쌓여갔는데 어느 날 그는 답장을 받고 싶다고 했다. 내 마음을 알고 싶은 모양이었다. 하지만 나는 무슨 말을 써 보내야 할지 망설이기를 여러 날 했다. 분명 가슴 아련한 무엇 하나는 확인할 수 있었지만 그것이 그리움이라거나 사춘기의 첫사랑이라거나 그렇게 자신할 수 있는 것은 생각조차 하지 못했다. 때문에 그에게 한 장의 답장도 써 보내지 못했다. 편지지를 꺼내 여러 번 편지를 잘 받았다는 내용만이라도 보내려다 끝내 포기하고 말았다.

주말이면 서울에서 온양 집으로 가 지내던 그가 집 앞 골목에 서성이는 게 보였다. 나는 죄지은 사람처럼 두근거리는 가슴을 쥐고 창문가에 기대어 그가 사라지기까지 바라보기만 했다. 그리고 다시 도착한 편지는 당장 어떤 마음을 전하지 않아도 괜찮으니 편지를 잘 받았다는 답장이라도 해달라는 부탁의 말을 곁들였다. 이날은 고향집 앞개울에 앉아 개울물에 버드나무 잎을 따서 흘려보내며 소월의 '풀따기'를 읊었다고 했다. '그리운 우리임은 어디 계신고/날마다 피어나는 우리 임 생각/날마다 풀을 따서 물에 던져요.'

   며칠이 지났을까 고모님께 그의 편지를 다 내어 놓고 말았다. 몇 통의 편지를 읽으신 고모님은 빙그레 웃으시더니 아직은 이런 편지 주고받지 않았으면 좋겠다는 말씀을 해 주셨다. 이후 그의 편지는 모두 불태워 버리고 집배원 아저씨는 우리 집에 그의 편지를 전달하지 않았다. 열여섯의 가슴 설렘은 그렇게 잦아 들여앉히고 나는 너무나 쉽게 그를 지워버렸다. 헌데 참 이상한 일은 나이가 깊어 갈수록 소월의 시가 담긴 편지와 가슴 두근거림, 붉어지던 얼굴의 기억은 추억의 터널 속으로 나를 자꾸 데리고 간다. 편지글 속에 담겼던 소중한 마음에 감사하고 부끄러움에 울렁이던 내 소녀의 얼굴이 생각이나 엷은 미소를 짓고 있다.

미안합니다

에어컨도 선풍기도 잠들어 있는 빈집에 들어서는데 나무 무늬 거실바닥 위로 7월의 폭염이 내려와 대장간의 용광로처럼 끓고 있다. 구석 구석 어디에도 생명의 숨소리라곤 티끌만큼도 들리지 않는 적막의 바다에 선다. TV 리모컨을 누르고 거실 유리문을 열었다. 갇힌 공기들이 우루루 문밖으로 빠져나가는 모양이다. 엷은 바람 한 줄기가 살갗을 스쳐 시나고 있다. 신풍기의 닐개가 바람을 몰이오는 동안 외출복을 벗어 홈웨어로 갈아입고 거실바닥에 앉았다. 순간 한눈에 포착된 움직임 하나, 어느 통로를 거쳐 잠입한 것인지 개미 한 마리가 느린 걸음으로 기어가고 있었다. 나도 모르게 발바닥을 그 위에 놓았다.

거실 벽면과 바닥 사이의 실선을 타고 앞으로 나아가는 개미를 한참 주시하고 있었다. 갑자기 가속 페달을 밟았는지 속도를 높이다가 내 시선을 감지라도 했을까 잠시 개미는 걸음을 멈추어 섰다. 방향을 바꾸는 모양이다. 식탁이 있는 쪽으로 급히 좌회전을 하고 식탁 다리 기둥을 오르기 시작했다. 꽃잎문양으로 가늘게 조각한 곡선을 지나 식탁 위까지 도착한 개미는 적의 진지에 잠입한 척후병처럼 멈칫거리다가 금새 접시 위에 놓인 마른 빵 곁으로 다가가고 있었다. 순간, 나는 개미가 달려

온 우리 집 거실바닥으로부터 식탁 위까지의 긴 여정을 단숨에 지워버리고 말았다. 내 검지 손가락 힘이 그렇게 묵직한지 몰랐다. 형태가 지워진 개미에게 '미안해.' 했다.

옥상으로 오르는 층계 한쪽으로 층층이 작은 화분을 놓고 관상하고 있었다. 러브체인, 아이비등 넝쿨식물과 금호, 금강환의 선인장과, 작은 분재 몇은 비교적 손바닥 안에 드는 소품들이다. 그들 중 30㎝ 키의 소나무 분재 키우기에 재미를 붙이고 있었다. 중심기둥이 S자로 휘어진 완만한 곡선의 수형을 지니고 있어 바라보면 마음의 여유를 느끼게 했다. 외형으로 보기엔 비록 키 작은 소나무이지만 수령은 10년이 넘어 묵직한 믿음을 보이던 아름다운 사람 같았다. 봄이면 파릇한 새 솔잎을 꽃잎처럼 돋아내어 순연한 자태를 그려주었다. 그의 아름다움을 잃게 되던 날은 2년 전 여름 강풍 비바람이 심상치 않아 층계의 화분들을 옮겨 놓다가 바닥에 떨어뜨리고 만 것이다. 기둥이 잘려나가고 가지가 꺾이는 수모를 당한 패잔병의 모습으로 서 있는 소나무 분재를 바라볼 때면 미안한 마음을 내려놓을 수가 없다.

남자가 주방에서 그릇소리를 내고 물 흐르는 소리를 낸다. 하루종일 제 자리에 앉아 리모컨만 움직이던 남자가 무슨 일을 벌이는 모양이다. 간밤내 목이 아프고 두통이 심해 몸을 움직일 기력조차 없어 아침준비를 미루고 있던 참이었다. 가슴까지 울리는 기침은 잦아들 기미가 보이지 않고 우선은 침상에서 일어나고 싶지 않았다. 수십 년을 함께 살아오는 관계이지만 오늘 남자는 쉽게 보이지 않던 행동을 하고 있다. 왠지 바늘방석에 누워 있는 듯하여 편치가 않았지만 그냥 눈감고 얇은 이불을 끌어 올렸다. 오랜 세월 당뇨합병증으로 투병중인 그가 방으로 들고 들어 온 것은 전복죽이었다. 요리프로가 많은 TV 덕분이라고 한다. 숟가락을 들고 한입 입에 넣는데 비린내 때문에 도저히 삼킬 수가 없었다. 기대하던 남자의 얼굴을 바라보는데 어찌나 미안하던지―

알게 모르게 스쳐간 잘못된 처신으로 상대에게 미안함을 느낄 때가 있다. 행동이 마음을 따라가지 못하거나 한걸음 늦은 판단이 실수를 낳고 미안해한다. 어쩌면 사람이기에 늘 부족한 일면을 지닐 수 있다는 생각을 한다. 하지만 하찮은 미물이라 하여 무심코 생명을 앗아가는 행동에 대하여 생각한다. '만약에'하며 어떤 거대한 힘이 나를 짓누른다는 생각에 이르면, 치유할 수 없는 미안함의 수렁에 빠지는 일이라는 것을 알게 된다. 세월호의 참사로 희생된 어린 학생들과 일반인을 생각하면 살아 있다는 것이 미안하고, 화마의 현장에서 어린 생명을 구하려다 자신의 생명을 잃은 119소방관을 생각하면 미안하다.

면벽의 자세로 맡긴 수도승의 가부좌

어느 해보다 유난히 풍성한 과일가게 앞에 한참 서 있었다. 사과 배 포도 감 복숭아들이 제 빛깔로 윤기를 더하며 진열되어 있다. 각기 제 크기의 옷을 입고 결실의 의미를 보여준다. 비로소 헐벗은 자신의 몸에 가장 아껴두었던 비단옷을 꺼내어 당당히 외출하는 여인의 모습이다. 긴 겨울을 딛고 봄으로 깨어나는 나무처럼 어떤 찬사도 아깝지 않은 아름다움을 지녔다. 가을은 한 해 동안 흘린 농부의 수고에 대한 감사와 다독임의 계절이다. 그만큼 풍요롭고 향기롭다.

황금들녘에 서서 고개 숙임에 대한 가르침을 받는 중이다. 더 이상 담을 수 없는 깨우침의 정신과 육신을 면벽의 자세로 맡긴 수도승의 가부좌를 바라본다. 풍성하게 익은 벼이삭을 수행의 무게로 이고 한없이 자신을 낮추는 겸허가 아름답다. 채워질수록 머리를 숙이는 담담한 침묵이 황금물결이 세상을 가르치고 있다. 낱낱이 모여 가을 벌판을 물들이는 큰 스님의 수행, 큰 스님의 말씀들이 온 들을 햇살로 피워내고 있다.

마음 가난한 나를 깨우는 계절, 나는 지금 어디에 서 있을지 묻고 싶다. 하늘은 높고 푸르다. 저 풍요로운 과실열매가 되기까지 한 알의 사과는 어떤 좌절과 절망 속에서 부단히 일어서 피안의 언덕을 딛고 있는 것일까. 고개 숙인 황금빛 벼들이 물고 있는 눈부신 생명의 알알들을 가슴의 렌즈로 접사해 품에 안는다. 가을은 가난한 가슴에 씨앗을 심는 용기와 인내의 결실로 존재한다. 눈부시도록 맑은 하늘 아래 사과나무 한 그루 붉은 열매를 꽃등처럼 주렁주렁 매달고 있다.

조락의 의미

　계절의 풍성함이 거리마다 시선을 집중시킨다. 사과 봉숭아 감 배 나무가 혼신으로 가꾸었던 꿈의 결실이다. 혹한의 겨울에서 발끝까지 스며들던 한기를 딛고 선 성과이며, 봄날 꽃샘바람 속가지를 붙들던 꽃잎의 안간힘이 이룩한 결과이다. 살이 데일 것 같은 칠월의 불볕 햇살을 견디어온 나무의 투신이 한 알의 열매로 자리하고 있다. 생명을 권장하는 신은 생명 있는 모든 존재들에게 끊임없는 시련의 그래프를 그려 놓았던 모양이다. 나무가 싹을 틔우고 꽃을 피워 열매를 맺기까지의 과정은 면벽수도자의 오체투신으로 이룩한 깨달음이지 싶다.

　가을은 풍요로운 결실과 조락의 의미를 동시에 쥐고 있다. 꿈꾸어 오던 소기의 목표를 달성하는 성취의 기쁨과, 가마득한 낭떠러지 밑으로 소멸되고 마는 존재와의 이별을 감당해야 한다. 봄부터 열매를 가지에 달아야 하는 과실나무의 치열한 삶의 과제는 결실의 그 치적 이후 맞이하게 되는 떨어져 내림이다. 세상에 내어 놓는 분신들과의 이별뿐이 아니다. 어떤 물감의 물리적 색칠하기로도 따라잡지 못하는 신묘한 단풍 물빛의 아름다운 잎새마저 내려놓아야 하는 나무의 앙상한 비워내기를 바라본다.

'무소유란 아무것도 갖지 않는다는 것이 아니라, 궁색한 빈털터리가 되는 것이 아니라, 불필요한 것을 갖지 않는다는 것이다.'라고 설법한 법정스님의 말씀을 생각하게 된다. 나무가 사계절 혼신을 다해 뿌리로부터 끌어 올린 자양분은 열매를 맺기 위한 노력이지만, 가지에 매어낸 열매를 떼어내는 일은 제 육신의 열망으로 지녔던 욕망의 덧없음을 비워내는 깨달음이었던 것이다. 붉게 물든 단풍잎의 절정의 아름다움이 그토록 매혹적인 까닭은, 나뭇가지에 묶인 무게를 비워내기 위한 잎새에 보내는 나무의 묵언수행이었다. 이별의 아픔을 내장한 '무소유'의 가르침이었다. 이 가을의 가슴 부푼 풍요와 쓸쓸한 이별을 생각한다.

쉴 새 없이 깨어 있으라는 주문 속에서

유월이 찌는 듯한 더위 속에 서있다. 견딜 수밖에 없는 세계적인 기상이변은 지구촌 생태계의 질서를 무너뜨리고 있다. 봄이 여름의 옷을 입기 시작하고 가을이 겨울의 옷을 성급히 입으려 한다. 이 또한 우주적 변혁의 어쩔 수 없는 질서로 새로운 인식의 틀을 짜게 될지 모른다. 이에 순응하고 길들여지지 않을 수 없을 것이다. 기후의 이변뿐 아니라 하루가 다르게 모양을 달리하는 정보사회의 놀라운 변화를 따라가다 보면 때로는 숨이 차고 어지러워진다. 현대인이 누려야 할 혜택이며 비애이다.

현대문명의 발달은 급격한 속도로 진화되어 사람의 지능이 창조주의 권능에 도전하는 듯 위력을 보인다. 로봇이 수술을 하고, 운전자가 없어도 자동차가 운행이 되는 현상 이상의 놀라운 경이로움이 펼쳐지고 있다. 전설 속에 살아있던 달나라의 베일이 1969년 미국의 우주선 아폴로11호에 의해 실체가 벗겨진 이후 머지않아 달나라에 이주해 사는 사람들도 있을 것이라는 가능성을 보이고 있다. 꽃나무 한 그루를 사다가 새 화분의 흙 속에 뿌리를 묻었다. 흙 속에 뿌리가 착근되지 않아 가지에 붙어 있던 잎새가 시들어 측은해 보였다. 새로운 것들에 적응하는 일이 쉽지 않아 보인다.

e-book 시장이 확대되어지는 움직임이 보인다. 여기 저기 전자책의 효율성을 피부로 느낀다는 것이다. 스마트폰에 내장된 시와 수필을 손가락 끝으로 터치하기 무섭게 화면이 바뀌고 작가의 육성으로 낭송하는 시와 수필을 들을 수 있다. 참으로 신기하고 편리한 기능을 보여주는 요술 상자처럼 경이로운 눈으로 감상하게 된다. 종이책이 독자의 손끝에서 책장을 넘기던 시절의 정서는 느낄 수 없어도 직접 들려주는 작가의 음성을 듣고 화면 속의 작품을 감상하는 기회를 향유하다보니 조금씩 길들여지고 있다는 생각을 한다.

시간의 흐름에 따라 날로 새로운 모습이기를 지양하는 현대인의 삶은 숨 가쁘게 따라가지 않으면 뒤처지고 만다. 쉴 새 없이 깨어 있으라는 주문을 한다. 낡은 것들을 딛고 일어서 시대의 변화 앞에 서라고 한다. 그러나 농부는 봄이면 볍씨를 뿌려 모판을 만들고 목마르지 않게 물길을 대어주며 가을의 풍성한 추수를 기다린다. 자연한 모습으로 자연의 베풂에 기대어 벼가 성장하기를 빌고 열매가 튼실하게 열리기를 기원하고 있다. 글을 쓰는 이는 농부의 가슴을 닮아, 봄 햇살에 기대어 두근거리는 마음을 언어를 빌어 백지 위에 내려놓고, 가을 날 한 알의 열매에 감사하는 자연한 사람들이지 싶다.

시간의 두께

분주하게 시작된 12월이 어느새 중순으로 접어들고 있다. 거리엔 자선냄비의 종소리가 구원의 메시지로 들려온다. 가벼운 바람결에 휘날리던 첫눈이라는 이름의 눈발이 추억의 통로를 달려가더니 어제 밤사이 세상은 온통 두꺼운 눈의 화장에 덮이고 말았다. 눈을 뜨기 무섭게 유리창 밖의 때 묻지 않은 순백의 아름다움에 마음이 한량없이 취하고 있다. 한 해를 보내는 송년의 아쉬움과 새해를 맞는 희망으로 술렁거리는 이때 소복하게 쌓인 눈처럼 순연한 마음으로 송년의 시간을 보내고 싶다.

늘 우리의 모든 일상은 흐르는 시간의 수레 위에 놓여 있지만 손끝에 잡히지 않는 시간의 존재에 대하여 무심해 하고 있다. 어느새 딛고 있구나 확인하다가도 인식하지 못하고 마는 시간에 대하여 이 한 해의 끝에서는 돌아보게 된다. 일년 365일이라는 시간을 나는 과연 한 시도 허망하게 보낸 적은 없을까, 허투루 허비한 적은 없을까 돌아보게 된다. 이후 밑바닥이 다 해어진 고무신처럼 내게 주어진 시간을 다 사용했음에도 불구하고 내 시간의 부대에 담겨진 알곡의 흔적은 보이지 않는다는 점이다.

한 사람의 생애에 주어진 시간은 길게는 100년 아니면 평균수명의 크기로 보면 70~80의 나이에 걸맞는 시간을 할애받고 있다. 문제는 각자에게 주어진 시간의 길이를 재는 일이 아니라 평생의 삶 속에 주어진 시간의 두께를 짚어보는 일이 중요하다는 것이다. 얼마만큼 길게 살았느냐보다 얼마만큼의 두께로 살았느냐하는 평가이다. 한 해 동안 어떤 가치 있는 일에 투신하였는가 자성해야 하는 오늘 이 순간도 시간은 각자의 삶 속에서 유유히 흐르고 있다.

지나간 시간의 흔적은 아름답다

바람의 입김이 차다. 하늘빛은 푸르고 높아 막힌 가슴을 단숨에 무너뜨리고 마는 계절이다. 하지만 조석으로 부는 바람이 확 트인 가슴 속에 너무나 큰 공허를 앉히고 있다. 들녘에는 온갖 과실이며 곡식이 익어가지만 풍요의 크기가 크면 클수록 결실의 자국은 한 해의 끝을 이야기하고 있어 쓸쓸하다. 황금빛 벼를 거둔 빈 논바닥 같아 가슴을 앓게 한다. 못 다한 그리움처럼 못 다한 욕망이라도 남아 있는 까닭일지 모른다.

뒤돌아보면 지난 시간은 늘 그 자리에서 무지갯빛 내일을 꿈꾸는 갈망 속에 존재하곤 했다. 하지만 채워지지 않는 갈망의 그 추억만으로도 지나간 시간의 흔적은 아름답다. 비록 어느 현재도 욕망의 사슬에 매이지 않는 순간이 없어 내일에 대한 기대로 달뜨게 하지만 지나고 나면 어느 한 순간의 과거도 아름답지 않은 날이 없는 것이다. 다만 현재는 얼마나 더 가득해야 진리에 순하여 아름다울 수 있을지 쉬이 가늠하게 하지 않는다.

하나의 일이 시작되고 하나의 일이 마무리되는 반복의 연속이 일상이다. 누구나 자신에게 주어진 일을 위하여 수많은 하루를 살아가는 게

인생이지만 이 가을에 던져진 우리들 각자의 삶의 빛깔은 무엇일까 궁금하다. 지나친 사랑도 독이 되고, 지나친 미움도 독이다. 진실한 것은 가슴에 담아두면 가슴속 온기로 싹을 키우고 꽃을, 열매를 매달 수 있겠다 싶지만 사랑도 가슴에 안은 욕망의 부피 때문에 둑을 무너뜨리는 댐과 같다.

무엇을 더 가득히 보여주려고 한 것이 독이 되지 않았기를 지난 시간을 돌아보며 생각한다. 부질없는 욕망이 사람을 키우는 일이지만 부질없는 욕망이 사람을 버리기도 한다. 가슴을 열어 스스로의 삶을 내다보는 자성의 계절 탓일까. 번개처럼 스쳐 지나는 것이 시간이라는 것을 극명하게 실감한다. 어느새 단풍의 그 고운 빛도 시들기 시작하고 보도 위엔 가지에서 두신한 마른 잎들의 뒷모습이 흔들리고 있나. 그럼에노 그리움이 그리움을 키운다.

순筍 -묵은 고구마 속에서-

툭 툭 툭
어미의 육피를 뚫고 솟아오른 생명
여기 불쑥 저기 불쑥 출산의 진통이 탱탱하다
흥건하게 젖어 흐르는 양수 사이로
기진한 어미의 의식을 헤집고
얼굴을 비추어낸 순筍
가느다란 뿌리가 야물다
저 아득한 생명의 근원으로부터 등에 지고 온
젖줄을 향한 뒤뚱거림
맹독성의 갈증이
맹수처럼 후각을 열고 있다
두리번거리는
매 순간 촉수를 키우는 두근거림, 생명의
숨으로 닿는 길은 대문 밖 텃밭
가슴앓이 하나 풀어 내리는
빠근하게 팔을 뻗는
순筍

숲으로의 귀환

만나고 싶다, 어머니

곁에 계셨으면 얼마나 좋을까

씨앗의 숨소리

꽃의 상처를 다스릴 수 있는 나무

햇살의 손길

숲으로의 귀환

숲의 소리에 들면

한번쯤 더 소중한 인연에 대하여 감사해야 할 때

황진이를 만나던 날

유장한 강 흐름의 순연한 맥박

만나고 싶다, 어머니

바람이 차다. 제법 가을이 제 모습을 찾기 시작하는 모양이다. 차려 입은 엷은 가디건도 잠자리 날개만큼 가볍다. 살갗으로 스며들던 바람이 가슴 깊은 허허한 빈자리에 파고들어 깊이를 더하고 있다. 쉬이 다독여지지 않는 공허한 자리에 스며서 세상의 어떤 햇살로도 채워지지 않는 아픔을 들추어낸다. 이생의 열쇠로는 누구도 풀어낼 수 없는 질퍽한 이별의 퇴적물로 쌓인 아린 그리움이다. 오직 한 사람의 따듯한 손길만이 치유의 힘이 될 수 있는 빈자리에 선다. 어떤 고난도 어떤 괴로움도 결국 딛고 일어서는 당신의 희생으로 꽃피워지는 '어머니'라는 그 이름을 불러본다. 한 번 쯤 만나고 싶은 이름이다.

산이 무너지는 산고로부터 어머니는 나를 만나셨지만 그 어머니와의 이별은 하늘이 내려앉는 아픔으로 시작되었다. 밤새 숨을 몰아쉬었다가 끊어지고, 끊어졌던 숨이 얼마쯤의 시간이 흐른 뒤에는 몰아쉬기를 반복하곤 했다. 차마 감을 수 없는 눈으로 하루 한 낮을 버티던 어머니가 새벽녘이 되어 끝내 생명을 내려 놓으셨다. 안간힘으로 끊어지는 숨을 잡고 버티어 오던 이틀간의 사투는 아픔이었다. 어린 새끼들을 남기고 죽음에 이르는 어미개의 눈가에 흐르던 피눈물처럼 가슴 찢는 고통이었을 것이다.

눈을 감겨드리라는 어른들의 말씀에 어린 내 손은 허공을 응시하고 계신, 어머니의 두 눈 위 꺼풀을 아래로 쓸어내렸다. 유리문의 커튼을 닫듯 어머니는 순순히 눈을 감아주셨다. 열세 살 아이의 나는 난생 처음 염꾼의 염습과정을 지켜야 했다. 장롱 속 한복을 꺼내어 입히고 곱게 화장을 시킨 어머니의 얼굴은 염포에 싸여졌다. 말이 닫히고 눈물샘도 막혀버린 나는 이른 아침 밖으로 뛰어나와 하늘을 쳐다보았다. 회색빛 암울한 낯빛의 하늘은 낮게 내려 앉아 나를 바라보았다. 먹먹한 두 귀는 온갖 소리들을 차단시킨 듯 막막했다. 고개를 떨어뜨리다가 몇 번씩 하늘을 올려다보았다. 그 어떤 생각도 그 어떤 감정도 느낄 수 없이 나는 미로를 걷고 있었다.

몸에 맞지 않는 상복을 입고 머리에는 짚으로 엮은 수질首絰를 두르고, 허리에는 요질腰絰을 매고 발보다 큰 짚신을 신고 어른들이 유도하는 어머니 뒤를 따를 때에도 나는 눈물을 흘리지 않았다. 아니 눈물을 흘리지 않았음에도 눈물이 말라 한 방울도 흐르지 않았다. 동네 사람들이 골목에 나와 안타까운 말로 품에 안고 보듬어 주어도 나는 너무도 멍한 이 죽음의 혹독한 이별을 알아채지 못했다. 어머니의 죽음은 다시 돌이킬 수 없는 잔인한 그리움의 통증이 된다는 사실을 알지 못했다. 여름 무더위는 동네를 벗어나 신작로 길을 한참 걸어가고 산자락에 닿는 내내 어머니를 모시는 어른들을 힘겹게 했다.

어머니의 육신을 담을 묘 터에는 인부들이 이미 깊은 구덩이를 파놓고 있었다. 흰 수염을 기르신 이장 할아버지는 앞이 훤히 내다보이는 산언덕에 나를 앉히시고 묘 자리가 명당이라 하시며 묘 자리에서 파낸 붉은 흙을 손에 쥐고 걱정하지 말라고 하셨다. 그리고 어머니는 끝내 땅속 당신의 새집에 들어가 어둠으로 덮인 문을 닫았다. 내 손에서 한 삽의 흙이 뿌려지기 무섭게 일꾼들은 어머니를 싸고 있던 생의 모든 흔적을 감추어 버렸다. 그때였다. 순간 가슴에선 봇물 터지듯 이제껏 막혀있던 슬픔의 파도가 밀려오기 시작했다. 보이지 않는 어머니의 실체에 대한, 존재를 지워버린 것에 대한 이별의 어이없음에 통곡하고 말았다.

어머니는 내 잠의 베갯잇을 수없이 적시게 했고, 소년에서 청년기의 울렁거리는 외로움을 굳건히 견디라 주문하셨다. 젊은 날의 어머니 사진 몇 장이 남아 어머니를 돌이키고는 했지만 팔베개를 하고 품에 안아 눕던 어머니를 느낄 수 없어 낯설기만 했다. 그리고 나는 지금 50년이 넘는 삶의 시간을 어머니를 버리고 살아가고 있다. 어머니가 생명을 내려놓고 가신 나이의 굽절을 살아내며 어머니 가시던 그날을 돌이키고 있다. 한 번쯤 살아 돌아오실 수만 있다면 얼마나 좋을까 단 한 번이라도 만날 수 있다면 얼마나 좋을까 꿈꾸고 있다.

곁에 계셨으면 얼마나 좋을까

지금 내 어머니는 손닿을 수 없는 먼 곳에 계신다. 저 세상 어디쯤에 살고 계시는지 간간히 그리움이 일곤 한다. 따뜻이 손잡을 수 있는 곳에 계시지 못한 안타까움이다. 어머니의 손을 잡고 어머니의 살갗 감촉을 쥐고 어린 시절의 그 어느 때처럼 이야기꽃을 피우고 싶다. 현대문명의 이기로 눈부시게 변화한 도심의 번화가를 걷고 싶을 때가 있다. 좋아하시던 중국요리를 먹고 영화구경을 하고 쇼핑을 할 수 있다면 어머니는 '얼마나 좋아하셨을까.'라는 생각이 문득문득 가슴을 헤집고 있다. 그러나 어머니는 늘 내 가슴 깊숙한 곳에 머물러 계실 뿐 뵐 수가 없다.

어머니는 마치 아주 먼 이국의 땅에 살고 계신 것처럼 왕래가 쉽지 않을 뿐이라는 믿음을 지니고 있다. 항상 내 삶의 저변에서 내 아픔과 고단을 지켜주신다는 믿음이 나를 위로하곤 한다. "괜찮아, 참고 견디면 편안해질 거야." 살아 계실 때처럼 어머니는 자애로운 손길로 등을 도닥이며 품에 안아 주실 것만 같다. 병이 깊어 오랜 시간 자리에 누워 계실 때였다. 하루는 당신의 팔을 내어 주시며 가까이 품에 안에 주셨다. 그리고 " 만약 엄마가 세상을 떠나면 고모님을 찾아가, 그리고 열심히 공부하고,

지연희 수필집

최선을 다해 살아야 한다."는 말씀을 하시며 눈가에 눈물을 질펀하게 흘리셨다. 그 어머니의 눈물은 내 이마를 적시고 나는 어머니가 세상에 안 계실 거라는 두려움뿐 효행에 대해서는 생각조차 없이 어머니 가슴을 파고들며 눈물을 흘렸다.

청주 무심천이 가까운 남주동 이층 양옥집은 내 생명의 탯줄이 어머니의 태반에서 나와 세상에 던져진 곳이다. 무심천 건너 제법 넓은 농경지를 소유하고 계셨던 시부모님의 둘째 며느리가 된 어머니는 진종일 일꾼들의 치다꺼리며 고된 일과에서 벗어나지 못한 살림꾼이셨다. 당시 서울 산업은행에 근무하시던 큰아버지와 진명고녀를 졸업하고 신문사에 근무하시던 신여성이었던 큰어머니의 몫까지 감당하시는 어머니의 시집살이는 무언으로 순종하는 이상의 것은 염두에도 둘 수 없었다고 한다. 그렇게 부모를 공경하고 섬기는 일은 삶의 근본이라는 이유에서이다.

청주시청에 근무하셨던 내 아버지는 일요일 오전 이제 백일도 되지 않은 신생아의 나를 대청마루 흔들의자에 앉아 안고 계셨다고 한다. 평소 심장 질환으로 허약하셨던 아버지는 갓난 둘째 딸을 안고 휴식을 취하고 계셨다는 것이다. 헌데 할아버지의 난데없는 호통은 밭에 나가 일꾼들을 감독하라는 지시였다고 한다. 부모님의 말씀을 거역할 줄 모르던 효성 깊은 아들은 그 길로 무심천변을 걸어 논과 밭을 향해 걷고 있었다고 한다. 그 효행의 길이 내 아버지에게는 생을 마감하는 불행의 길이 되고 말았다. 늦은 오월 아버지는 인적 없는 무심천 둑을 걷다가 심장마비로 쓰러져 돌아가셨다. 나는 태어나 단 한 마디도 '아버지'라는 이름을 불러보지 못한 불효막심한 자식이 된 셈이다.

　일찍부터 어머니 아버지를 잃고 살아온 탓인지 손자 손녀가 있는 할머니의 내가 백발의 노부모를 모시고 사는 사람들이 부러울 때가 많다. 나를 세상에 존재하게 하여 육신의, 정신의 근원을 살필 때면 가슴 뭉클한 감사에 이르게 된다. 세상 모든 생명의 존재는 스스로 불현듯 솟아나는 불뚝한 것이 아님을 자성하게 된다. 멀고 먼 조상으로부터의 따뜻한 피 흐름이 아니었으면 또한 내 자식을 낳고 그 자식의 자식으로 잇는 핏줄의 연결고리가 아니었으면 존재하지 못할 '나'임에 분명한 때문이다. 거룩한 생명존재의 아름다움 때문인지 오늘도 어머니 그리움이 가슴 한복판을 휘젓고 있다.

　세상 어떤 어버이이거나 자식을 위한 가이없는 희생으로 한생을 산다. 물에 빠진 아들을 살리기 위해 목숨을 걸고 뛰어드는 사람이 아버지이고, 병든 자식을 살리기 위해 장기를 내어 놓는 분이 어머니이다. 당신보다는 자식이 먼저이어서 자식의 굶주림을 채우기 위해 당신의 허기는 감추어 허리끈을 조아 맨다. 그 어머니의 사랑에 답하기 위해 내가 한 것이 아무것도 없다 생각하면 슬프기 짝이 없다. 살아계실 때 알아차리지 못하고, 돌아가시어 나이가 들고 보니 세상에 계시지 않는다는 안타까움만이 깊어간다. '不孝父母 死後悔(불효부모 사후회) 살아계실 때 효도하지 않으면 돌아가시고 나서 후회한다.'는 말이 틀리지 않는다. 어린나이에 부모님과 이별하여 기회조차 얻지 못했지만 지금 내 곁에 부모님이 계셨으면 얼마나 좋을까 생각하곤 한다.

효행은 인간을 가장 인간답게 하는 도덕규범이라고 한다. 몇 년 전 신문 사회면에 보도된 안타까운 일이 떠오른다. 17살 고등학교 2학년 아들이 일요일임에도 불구하고 막노동을 하는 아버지가 안타까워 공사장에 나가 아버지를 돕다가 유독가스에 질식해 아버지와 함께 사망한 일이다. 소음방지판을 붙이는 데 쓰이는 본드 때문에 발생한 질식사였다. 휴일도 마다 않고 일하며 공사현장으로 따라나서곤 했던 아들의 효행이 부른 희생이었다. 사람 사는 세상을 떠나 하늘나라로 가는 순간까지도 아버지와 동행한 아들의 효심이 자식이라는 이름으로 살아 있는 사람들에게 시사하는 의미가 적지 않다.

어머니라는 존재는 만물의 근원이라고 한다. 나를 낳고 기르신 은혜를 넘어 존재하게 하신 사실로 미루어 무엇으로도 답할 수 없는 크기이다. 잠시 밖으로 나가 난 화분을 들여다보다가 난의 촉수 곁으로 파랗게 돋아난 이름 모를 잡초를 뽑아내고 문득 멈춰서고 말았다. 제아무리 하찮은 미물이라 하더라도 존재의 이유가 있을 것이며 그의 어미로부터 탄생의 의미가 부여되었다면 함부로 뽑아내는 행위가 옳은 일이가 라는 문제가 머리를 스치고 지나갔던 것이다. '身體髮膚 受之父母 不敢毁傷 孝之始也(신체발부 수지부모 불감훼상 효지시야) 몸과 팔 다리 머리카락과 피부는 모두 부모로부터 받은 것, 그것을 감히 다치거나 못쓰게 하지 않는 것이 효의 시작이다.'라고 했다. 다할 수 없는 효의 도리는 참 사람답게 사는 일이라 한다. 지금 내 곁에 어머니가 계셨으면 얼마나 좋을까.

씨앗의 숨소리

제법 기쁜 숨소리가 경칩의 보송한 흙을 허물고 고개를 들고 있다. 지상의 세계를 향한 뜨거운 달음질 끝 머지않은 생명 탄생의 신호이다. 지표면의 숨구멍마다 초록빛 생명의 합창이 들리는 듯 지난 가을의 흔적으로 쌓인 마른 풀잎을 손끝으로 더듬어 보았다. 뜨거운 생명의 씨앗들이 파릇한 새순을 솟아 올릴 장엄한 몸짓이 보인다. 오늘따라 햇살은 한껏 따사로운 빛의 가닥을 풀어 조근조근 흙의 잔등을 쓰다듬고 있다. "그래 어서 일어서거라 조금만 더 고개를 들어 봐." 어머니의 부드러운 손길처럼 훈훈한 햇살의 사랑이 봄을 일으켜 세우는 중이다.

첫 아이를 몸속에 품고 조금씩 불러오는 배를 두 손으로 감싸면 배 속의 아이는 어미의 감촉에 반응하며 불쑥불쑥 발길질을 하곤 했다. 어찌나 신기한지 하루에 몇 번이고 소통의 교신을 반복했다. "그래, 엄마란다. 아가야! 어서 무럭무럭 자라거라 그리고 세상의 바다에서 만나는 거야." 아기의 숨소리를 감지하며 알 수 없는 새 생명의 얼굴을 그려보았다. 그렇게 십 개월의 시간이 지나 입춘이 머지않은 날 아기는 산도를 빠져나와 생명의 첫 울음을 들려주었다. 파릇이 봄날의 흙을 헤집고 돋아난 씨앗의 새순처럼 싱그러운 생명탄생의 기쁨은 경이로움 그 자체였다. 분만의 첫 고통을 경험하고서야 아기가 세상 속 생명 하나로 탄생하는 거룩한 의미가 빛이라는 것을 깨닫게 되었다.

세상 모든 생명이 탄생하는 순간은 동녘에 떠오르는 아침 햇살의 빛이다. 어둠의 깊이에 빠져 빛의 그림자를 씨앗으로 딛고 일어선 고단한 첫걸음이다. 풀은 풀대로 동물은 동물대로 작은 곤충의 미물까지 새 생명은 제 모양 제 모습으로 성장하여 무엇이 될 수 있는 까닭이다. 꽃의 역사가 작은 티눈 크기의 씨앗에서 시작되었듯이 새 생명은 아름다움으로 피어나 향기로운 결실을 보여주려는 의지를 세운다. 때문에 모든 생명은 키를 키우고, 줄기를 키우고, 몸을 키우는 모양이다. 하나의 씨앗이 싹을 틔우는 일은 세상 어떤 가치도 뛰어 넘는 덕목이라는 것이다. 씨앗을 심지 않는 생명탄생은 존재할 수 없는 이치처럼 밀알 하나의 희생은 신비의 싹을 돋아 올리는 사랑이며 빛이다.

지구촌 생명으로 태어난다는 일은 축복이다. 어떤 객체로든지 살아 있음으로 성장의 모습을 보여주고 있는 까닭이다. 명료한 점 하나의 위대한 희생으로 시작하는 생명의 가치는 아름다워야 한다는 숙명을 지니고 있다. 봄의 대지에 온통 초록빛 융단을 깔아 놓은 새순의 씨앗은 이미 제 살과 피를 대지의 품에 내어 주었지만, 새 생명의 숨소리는 이른 아침의 강물처럼 활기차다. 쌔근거리며 잠에 든 아기의 숨소리는 조금씩 키를 키워가는 새싹의 성장이며, 기둥을 세우고 가지를 뻗고 꽃을 피워 열매를 맺는 나무의 꿈을 세상에 펼치는 일이다. 꿈 하나의 순명順

으로 돋아 올린 씨앗의 아름다운 생명이 보여주는 고귀한 기쁨이며 행복이 아닐 수 없다.

세상을 환히 꽃피우는 일은 태초의 씨앗이 예비한 성장의 동력이며 존재의 향기로운 가치이다. 사람 하나가 혼신을 다해 마음 굶주린 가엾은 생명들을 거두어 삶을 키워내는 성과는 그 어떤 가치보다 아름답다. 아프리카 남 수단 톤즈에서 사랑을 꽃피운 고 이태석 신부의 고귀한 희생과 숭고한 사랑이 떠오른다. 10여 년의 내전으로 고통 받고 가난에 굶주리던 아이들에게 기쁨과 사랑을 심어주던 씨앗은 망고와 수수죽으로 끼니를 때우던 아이들에게 희망의 불씨가 되었다.

'울지마 톤즈' 절망의 땅 톤즈를 위해 삶의 변화를 꿈꾸었던 이태석 신부는 맨발의 천진한 눈망울을 지닌 아이들에게 내일을 맞이할 삶을 준비했다. 아프리카 남 수단 최초의 브라스 밴드를 결성한 것이다. 색소폰, 트럼펫, 클라리넷, 플루트 등의 악기를 구입하고 가르쳤다. 아이들에게 음악은 희망과 꿈을 키우는 최고의 선물이었다. '아리랑'을 가르치고, '사랑해', 대한민국 애국가를 가르치던 신부는 지금 우리 곁에 없지만 참 사랑의 아름다움을 전 세계인에게 실천하고 세상을 떠났다. 그는 햇빛을 주고 물을 주면 씨앗에서 싹이 나는 것처럼 재능이 있는 아이들이 쑥쑥 자라고 있는 모습을 발견했다고 한다. 16세의 브릿지, 18세의 아순타 등 이태석 신부가 톤즈에 심은 사랑의 씨앗은 튼실한 꽃나무로 피어날 것이다.

봄날은 온갖 생명이 대지의 깊은 침묵에서 눈을 뜨는 신비의 계절이다. 움츠렸던 가슴을 펴고 어둠에서 광명을, 슬픔에서 기쁨을, 절망에서 희망의 문을 여는 거룩한 시간이다. 사방 어디서나 꽃들이 벙글고 천지에 꽃향기로 가득하다. 겨우내 숨죽였던 여린 씨앗들이 동토에 묻혀 전신에 스며들던 한기를 이겨내고 생명의 고귀한 힘을 일으켜 세운 성과이다. 아름다운 꽃은 아름다운 만큼 튼실한 열매를 매달고 생명으로의 씨앗으로 약속되었던 사명을 수행하려 할 것이다. 지난 시간의 그 가을처럼, 그 겨울처럼, 봄날의 환희를 노래하고 있다.

꽃의 상처를 다스릴 수 있는 나무

'봄 햇살이 얼어붙은 회색빛 담을 타고 오른다' '바람결이 싱그럽게 살갗에 스며든다' 라고 시작된 봄날의 몸짓들이 나뭇가지에서 새순으로 피어나고 있다. 연두 빛 생명의 고운 숨소리가 아기 눈망울처럼 맑게 빛을 낸다. 반면 대지가 품어 안고 있던 온갖 생명들은 결승선을 통과하는 마라톤 주자들처럼 삐죽삐죽 고개를 들고 세상 구경을 시작할 것이다.

다투어 시작한 저 생명의 웅성거림은 온갖 들과 산을 휘젓고 돋아나 화려한 꽃 잔치를 벌일 참이다. 개나리 진달래 목련 벚꽃잔치가 머지않았다. 움츠렸던 겨울의 무기력한 가슴을 열어 이름 모를 희망과 꿈으로 피어나게 한다. 마냥 순수의 미소를 머금게 하는 봄날은 이미 잃어버린 청춘의 너와 나의 가슴을 열여섯 소녀와 소년으로 되돌아가게 한다.

다만, 아름다운 봄날의 환희는 쉬이 떨어지는 꽃잎이어서 다치기 쉬운 마음을 추스릴 수 있는 위로가 필요하다. 짧은 순간 피었다 지는 꽃의 시간, 꽃의 상처를 다스릴 수 있는 나무만이 열매를 여물게 키워낸다는 사실이다. 한차례의 봄비로 꽃잎을 떨구고, 한차례의 봄바람으로 가지에서 꽃잎을 내려놓지만, 지는 꽃의 슬픔이 씨앗이 된다는 생명의 순환 고리를 기억해야 된다는 일이다.

햇살의 손길

살이 에이는 한파 속 입춘, 우수가 지나고 경칩에 들어 기온은 급격히 상승되기 시작했다. 이제 며칠 있으면 농부는 본격적으로 농사를 시작한다는 춘분이다. 낮과 밤의 길이가 같은 날이며 이후 낮의 길이는 길어지기 시작한다. 그만큼 농부의 손길은 바빠진다고 한다. 오늘은 햇살의 낯빛이 눈에 띄게 맑아 시름에 찬 마음까지 빛나게 한다. 땅속 깊이 몸을 숨겼던 생명의 씨앗들이 눈을 틔우고 머지않아 겨우내 삭풍에 움츠렸던 가지에도 꽃의 향연이 벌어질 것 같다.

남녘 어디쯤엔 벚꽃이 피었다는 소식이다. 경이로운 계절의 문 열음이다. 온 산천에 물들 붉고 노란 꽃들의 향기가 전신에 스며들고 있다. 꽃은 바라만 보아도 미소가 지어지고 알 수 없는 기쁨에 젖게 되는 묘약처럼 빠져들게 한다. 어떤 꽃이든 한참을 응시하다 보면 비단결보다 고운 살결 위에 손가락 끝을 가져가고 싶은 유혹이 인다. 세상 만물이 생겨날 때 꽃은 어떤 아름다움의 영혼을 선물 받아 저토록 빛나는 형상과 매혹적인 향기의 대상이 될 수 있었을지 축복된 일이다.

이른 봄의 화신으로 문을 여는 개나리, 진달래, 벚꽃, 목련 나목들이 아직은 앙상한 가지로 한 뼘이라도 햇살의 손길을 더 받기 위해 몸을 흔들고 있다. 이들은 모두 지난겨울의 혹한을 온몸으로 견디어낸 자랑스러운 나무들이다. 살을 베는 삭풍을 혼신으로 이겨내고 봄의 그 찬란한 아름다움을 피워내기 위한 꿈을 키웠을 것이다. 가슴이 추워 움츠렸을 사람들에게, 가난한 몸으로 어깨를 펴지 못한 사람들에게 꽃은 한 모금의 샘물처럼 그저 바라보며 미소 짓게 하는 천사의 손길이다.

세상 어떤 일이든지 역경은 따른다. 나아가 가치 있는 일일수록 꽃을 피우기 위해 견디어야 할 '겨울'은 시베리아의 폭풍처럼 맵다. 창작이라는 세상에 존재하지 않는 새로운 의미의 존재를 향한 언어예술을 빚는 문학인의 삶도 지난한 고통의 터널을 딛고 일어서는 꽃이다. 누군가에겐 삶의 위로가 되고 누군가에게 방황하는 길의 나침판이 되는 한 송이 꽃의 미소가 문학이다. 한 해를 여는 봄날의 시간 창작의 방에서 건져 올린 모든 작품들이 꽃향기로 향기롭기를 빈다.

숲으로의 귀환

며칠 전부터 대기를 뚫고 쏟아지는 햇볕이 한여름을 방불케 하고 있다. 주일 아침 옥상의 화단은 서양란 심비디움 몇 화분과 동양란 보세 한란 춘란 몇 화분이 삭막한 시멘트 공간을 푸른 숲으로 만들어 주고 있다. 무엇보다 몸집이 큰 소철과 관음죽 등의 관상수가 제법 조화롭게 자리하고 있어 옥상은 그런대로 물을 주고 나면 싱그럽기 그지없다.

어느 땐 나무에 물주기조차 어려울 만큼 쫓기며 살지만 나무에 물을 주는 순간은 맨발에 물줄기를 뿌리는 싱그러움과 더불어 알 수 없는 기쁨이 가슴 가득 자리한다. 난초의 잎들이 탱글탱글한 윤기를 머금고 생명의 기운을 피워 올릴 때면 식물이 사람에게 베푸는 배려가 얼마나 갸륵한지 느끼게 된다.

푸른 나무가 전하는 감각적 시각적 배려에도 불구하고 몇 년 전부터 나는 옥상 화단에서 특별한 관심으로 꿈을 키우는 대상이 있다. 소엽풍란이다. 이들을 내 집에 들여 함께한 지 5년이 지났지만 아직도 기대하던 꽃을 만나지 못한 안타까움이 집요하게 욕심을 버리지 못하게 한다. 기실은 죽은 포도나무 줄기에 뿌리를 내려 생명을 잇고 있지만 한겨울이나 한여름의 수분조절이 어려워 잎 하나가 말라 떨어질 때면 안절부절못하게 된다.

화단에 발을 딛게 되면 풍란의 동태 먼저 살피는 일이 우선이다. 하얀 새의 날갯짓 같은 형상으로 티없이 맑은 향기를 피워내는 풍란은 화초를 가꾸는 사람에게 꽃이 전하는 최상의 선물이다. 금년에도 내 기대는 수포로 돌아갈 듯 싶다. 안쓰러울 만큼 잎살이 가늘다. 통통하게 살이 오르려면 시간이 필요할 것 같다. 겨우내 실내에서 연명하느라 움츠려있던 몸이 옥상 밖으로 나와 조금씩 살을 찌우고 있지만 봄이 다 가도록 꽃의 신호는 보이지 않는다.

비교적 꽃을 좋아하는 편이어서 이런 저런 관상수와 화초를 키웠다. 그런데 게으름 탓인지 적지 않은 화초와 분재까지 기르기를 실패하여 빈 화분이 옥상 한쪽에서 햇빛을 받아 부석부석 금이 가고 있다. 그럼에도 꽃을 가꾸는 일을 버리지 않는 것은 마음 한쪽에 그리움을 심겠다는 의도인 것 같다. 푸르른 숲을 만들어 태초에 사람이 살았던 숲으로의 귀환을 향한 자연한 몸짓이지 싶다. 때문에 꽃을 가꾸는 동안에는 가슴에 쌓인 온갖 피로와 고뇌가 씻기는 기쁨이 스며드는 모양이다.

숲의 소리에 들면

자연은 막힌 숨을 틔우는 신성한 공간이다. 어쩌다 자의적이거나 타인의 손길에 매여 숲속에 들면 자연의 오묘한 아름다움에 젖어들게 된다. 굵은 뿌리를 흙 밖으로 드러낸 큰 나무 밑 가장 낮은 자세로 숨죽이듯이 몸을 낮춘 풀 한포기를 보면 대견스럽다. 가느다란 가지로 쌀 알갱이보다 작은 꽃송이를 물고 있는 모양이 앙증스럽다. 고개를 들면 하늘을 가리고 서 있는 나무의 기둥만 보일 뿐인데도 어여쁘게 뿌리를 내리고 서 있다. 어쩌면 저 이름 모를 풀 한 포기의 숨소리가 가장 따뜻하게 숲의 소리를 가까이 듣고 있는지 모른다는 생각이 든다.

숲은 이끼류의 선태식물에서부터 온갖 곤충, 동물이며 나뭇가지에 둥지를 튼 새들까지 품에 안고 있는 넉넉한 가슴을 지녔다. 그 모든 생명들의 움직임을 들여다보면 약육강식의 현실을 뛰어넘을 수는 없는 일이지만 자유롭게 언덕을 넘고 계곡을 지나 제 습성에 맞는 삶의 터를 잡고 유유자적 살 수 있다는 자유가 보장되어 있다는 것이다. 자연은 인위적으로 만들어지는 것이 아니고 주어진 있는 그대로를 만끽하며 살아내는 진실이 있다. 그럼에도 불구하고 키 큰 나무는 나무대로 키 작은 나무는 나무대로 자연스런 질서가 유기적으로 형성되고 있는 사실을 보면 경이롭지 않을 수 없다. 자연은 자유로운 영혼을 지닌 생물들의 천국이다.

숲 속에 들어서면 바람의 서곡으로 울리는 나뭇잎의 풍경소리가 들린다. 청량하고 싱그러운 소리 끝에 묻은 초콜릿 빛깔 같은 숲의 향기가 코끝에 스며든다. 인간은 5백만 년 전에 숲에서 왔다는 역사적 이론이 아니더라도 태생적으로 숲의 그늘에서 벗어날 수 없는 생리를 지녔다는 것이다. 삭막한 콘크리트 주택구조에 살다보니 옥상에 올려놓은 나무며 화분들에게 시원스럽게 물을 공급하고 나면 가슴 전체가 시원해지는 까닭도 영육이 두루 갈구하는 '숲으로의 귀환'이 아니겠는가 싶다.

두 해 전 강원도 대관령 자연 휴양림에서의 하룻밤 유숙은 환상적인 숲의 자태에 매료되던 날이었다. 여름 한낮의 열기에 느슨해진 몸이 숲의 그늘에 들어서기 무섭게 물 위로 뛰어오르는 물고기처럼 활기를 찾기 시작했다. 폭우가 쏟아지던 이후의 맑게 개인 숲은 더더욱 푸르른 숨소리로 잠을 청할 수 없는 밤을 그려내고 있었다. 하늘에 뜬 보름달의 휘황함이란 폭포처럼 쏟아지는 계곡의 아우성과 월광곡의 곡조를 자아내고 있었다. 술을 즐기시는 평창에 이주해 사시는 원로시인의 내방으로 계곡 탁자 위에 술자리가 펼쳐지고 밤이 이슥하도록 자리를 뜨지 못했다.

세상에- 그만큼 안개의 깊이에 매혹되던 날이 대관령 휴양림의 새벽 이전 에도 이후에도 없었다. 한 방에 묵은 사람들이 짧은 잠에서도 생기가 난다며 아침산책을 서두르기에 따라나선 길이 무아지경의 안개 숲에 빠지고 만 행운이었다. 아름드리 소나무의 휘어진 수형을 잡고 자락을 펴 감싸 안고 있는 모양새는 여인의 치맛자락인 양 하늘거렸다. 부드럽게 나무와 나무 사이로 폭을 넓히는 안개의 자락을 보며 수묵화 속의 선경이 이곳이겠구나 생각했다. 이른 아침 휴양림의 숲은 자연이 인간에게 베푸는 천상의 선물인 듯했다. 가득한 안개 속으로 스며들어도 안개는 시야에서 좀체 사라지지 않고 화폭을 넓히고 있었다.

숲은 이제 산림을 살찌우는 사업을 목적으로 삼지 않는다고 한다. 보다 사람이 사람답게 살 수 있는 정신의 안위를 위한 치유의 공간으로 거듭나고 있다는 얘기를 들었다. 어느 때보다 숲을 찾는 사람들이 늘어나는 일은 마음을 기댈 수 있는 자연의 숨소리를 들을 줄 알기 때문이다. 이는 생명의 숲이 사람을 사람답게 회복시킨다는 믿음을 지닌 사람들이 늘고 있다는 반증이나. 숲으로의 길음은 숲의 소리에 익숙하기 위한 노력이다. 나뭇잎의 흔들림, 새의 지저귐, 계곡의 물소리, 어느 것도 아름답지 않은 것이 없다. 조용한 걸음으로 눈을 감고 혹시 풀꽃의 노래를 듣게 된다면 이보다 행복한 일은 없지 않을까 싶다.

한번쯤 더 소중한 인연에 대하여 감사해야 할 때

유월은 짙은 신록의 숲이 시선을 유혹하는 싱그러운 달이다. 연록의 여린 잎새들이 성숙의 낯빛으로 나무의 그늘을 만들기 위해 양껏 햇살을 머금고 윤기를 더하게 된다. 반면 동족상잔의 슬픈 역사의 상처가 되살아나는 달이기도 하다. 수많은 젊은이들이 나라를 지켜야 한다는 의무를 수행하기 위해 총칼 앞에 서서 무참히 생명을 잃었다. 그리고 61년, 역사는 냉혹한 비평가가 되어 현재라는 시간 위에 진실의 저울을 걸어 놓는다.

제 아무리 세상을 울리는 슬픔도 시간의 나이테는 망각이라는 기억 지우기를 수행하곤 한다. 잊음의 고요를 마음 가운데에 앉히기 위해 나이테를 풀어 기억의 끈을 묶어 놓는다. 희미한 안개 속의 가로등 불빛처럼 – 5월 초입에 시작한 진도 앞바다 팽목항 세월호의 침몰은 대한민국 온 국민을 놀라움과 슬픔의 파고 속에 쓸어 넣었지만 그 참담한 아픔도 딛고 일어서 일상이라는 생활의 본연 속으로 돌아오지 않을 수 없었다.

삶이라는 현실은 어떤 역겨움도 견디게 하지만 같은 공기를 마시고 같은 공간 속에서 함께 호흡하던 '누군가' 가 홀연히 어느 날 감쪽같이 사라져 다시는 만날 수 없다는 허망함은 쉽게 믿기지 않는 현실로 전신에서 힘을 빼앗아 간다. 기력을 잃게 한다. 하물며 어미의 가슴에 묻는 다는 자식을 잃은 어버이의 슬픔은 감히 위로조차 사치가 되곤 한다. 내 곁 사랑하는 사람의 손을 잡고 한번쯤 더 소중한 인연에 대하여 감사해 야 할 때다.

황진이를 만나던 날

고등학교 2학년 무렵이었다. 집이 강원도 산골이었던 친구와 자취방에서 함께 생활하던 때였다. 그 친구는 공부도 잘했지만 노래를 잘 불렀다. 공부를 하다가도 우리가곡 가고파, 선구자, 그 집 앞, 님이 오시는지 등을 가끔씩 들려주곤 했는데 친구의 노래를 듣고 나면 마음이 평화로워졌다. 노래를 듣는 기쁨 때문도 있었겠지만 나는 그 친구를 매우 좋아했다.

노래를 잘하지만, 말수가 적은 편이었던 친구와 나는 마치 쌍둥이처럼 붙어 다녔다. 그리고 졸업을 앞둔 어느 날이었다. 저녁을 먹고 한 시간쯤 시간이 흘렀을까 책상 앞에 앉았던 친구는 창문가에 서더니 두 손을 하나로 모으고 노래를 부르기 시작했다. 가곡 '꿈길에서'였다. -꿈길 밖에 길이 없어 꿈길로 가니/내 님은 나를 찾아 길 떠나셨네- 황진이의 시조를 작곡가 김성태님이 곡을 붙인 노래였다.

기다리던 이가 돌아오지 않아 애를 태우다가 꿈속에서는 만날 수 있을 거라는 생각으로 꿈속을 헤매지만 서로 어긋나는 꿈을 꾼다는 이 노래를 얼마나 절실하게 부르던지 나는 넋을 잃고 바라만 보았다. 노르웨이 작곡가 그리그의 곡 솔베이지 송을 친구가 부를 때면 꿈을 꾸듯 바라보기만 했던 나는 또 한 번 놀라지 않을 수 없었다. 한 가지 중요한 것은 친구는 나와 함께 노래 부르는 것을 좋아하지 않았다. 내가 어쩌다 따라 부르기라도 하면 '너는 내가 부른 다음에 해.'하곤 했다.

당연히 음대에 진학할 것이라 믿었던 친구는 대학진학을 포기하고 은행에 취직하여 집안을 돕는 효녀가 되었다. 그 때 나는 황진이의 시조가 이렇게 절실한 가곡으로 불리어질 수 있다는 사실을 확인하고 원문시조 별김경원別金慶元를 찾아 읽어 보았다. 말없이 떠나버린 첫사랑 부운거사를 그리워하는 황진이의 안타까운 마음이 절절이 흐르고 있었다.

相思相見只憑夢	그리워도 만날 길은 꿈속 밖에 길이 없으니
濃訪歡時歡訪濃	임을 찾아가 빈거흴 땐 임은 나를 찾아오네.
願使遙遙他夜夢	원컨대 이후부터는 서로가 어긋나는 꿈길을
一時同作路中逢	같은 때 같이 떠나 길 가운데서 만났으면.

유장한 강 흐름의 순연한 맥박

충북수필 30년 역사의 유장한 흐름 속에는 충북수필인의
순연한 맥박을 느낄 수 있다. 어미 소의 둥근 눈망울과 워낭소리가 들리
는 듯한 충청인들만이 지닌 특별한 감각이다. 83년 월간문학에 등단을
하고 대표에세이 동인활동을 시작할 무렵 김홍은 선생님과 조성호 선
생님을 만났다. 고향이 청주라고 말씀하지 않아도 그대로 알아들을 수
있었던 청주 특유의 사투리가 어쩌나 정겨운지 남다른 친근감이 앞섰
다. 두 분은 가슴 뭉클한 고향의 햇살이나 바람을 전해주시듯 따뜻했다.
이후 충북수필 회원으로 처음 출판기념회에 참석했을 때 반인섭선생님
을 만나 뵙고 기억하게 된 것도 그 즈음부터이다.

30대 후반의 나는 충북수필 활동을 원활하게 하지 못했다. 바쁜 삶의
일정에 쫓기어 늘 가슴에 그리움 한쪽을 묻어 놓고 바라기 하듯 고개를
내밀었을 뿐이다. 다만 출간되고 있는 충북수필 문학지로 '충북수필' 소
식을 접하곤 했다. 그 즈음은 주란숙 선생도 충북수필 회원이었다. 지금
은 서울문학 활동도 접고 있는 주란숙 선생은 요즈음 만나기가 쉽지 않
지만 당시는 폭넓게 활동하던 수필가였다. 서울의 삶을 접고 고향 음성
에 귀향하신 반숙자 선생님의 충북수필 사랑도 적지 않았을 것이라 생

각한다. 활발한 활동으로 서울문단에서도 좋은 수필 쓰시는 분으로 존경받고 있었다.

지역 문학회의 활동이 어느 때보다 활발한 시기가 요즈음이다. 지방자치제가 시작되면서 잊혀진 지역문화예술이 발굴되고 이를 보존 육성하여 지역의 자원으로 성장시키고 있다. 충북수필이 태동하고 오늘의 반석에 올려놓기까지 30년의 시간이 흘렀다. 회원 한 사람 한 사람의 애정 어린 참여가 성장의 동력이 되는 건 분명하지만 앞장서 이끌던 임원 여러분의 리더쉽이 큰 역할을 했으리라고 본다. 무슨 일을 시작하고 다듬어 성과를 이룩한다는 것은 한 그루의 나무가 꽃을 피워 열매를 맺는 아름다운 일이다. 충북수필 30년 역사의 저변에 숨 쉬는 최선을 다한 창작 의욕은 충북 문화예술을 꽃피우는 일이며 한국수필문학 융성에 기여하는 일이다. 대한민국 문학 발전일각을 담당한 일이 분명하다.

고향은 불현듯 스치는 바람결 하나만으로도 정겹다. 1년에 한두 번 찾게 되는 청주는 플라타너스 아취의 진입로에 닿을 때부터 눈이 밝아지고 가슴이 뛴다. 공연히 여기는 어디였고 저기는 어디였는데 기억의 문을 두드리며 추억의 흔적을 찾게 된다. 도로가 확장되고 대형건물이 들어서 익숙했던 길도 찾지 못하고 허둥대지만 그때마다 기억에 묻은 문우들을 떠올리기 시작한다. 아직도 손 전화를 소유하지 않고 있는 김흥은 선생님, 약국을 지키고 계실 조성호 선생님이 스쳐지나간다. 자주 뵙지는 않아도 충북수필역사와 거의 동일한 32년 인연의 끈을 연결하고 있어 그리운 분들이다.

며칠 전 외종사촌 동생의 아들이 혼인을 한다 하여 청주 흥덕구에 있는 '아름다운 웨딩홀'에 다녀오기로 했다. 예식시간을 4시간이나 앞두고 터미널에 도착하여 동행한 언니와 나는 택시를 타고 서촌으로 달렸다. 어린 아이에서 열 살 무렵까지 정봉역의 역사를 수없이 뛰어들고 뛰어 나가던 이곳은 청주역사가 되고 고희를 앞에 둔 내 무력한 기억의 문을 열어대고 있었다. 운전기사님의 낯익은 사투리는 가슴 저 깊이에 고여 있던 그리움을 자아내며 목소리를 높이는 가교가 되었다. "기사님도 이 동네 잘 아신다구요. 예전에는 청주역이 북문로에 있었거든요. 거기서 기차를 타고 이곳 정봉역에 내리면 이모님이 저 쪽 언덕에서 손짓하며 뛰어 오시곤 했어요." 지금은 청주역사로 바뀐 서촌의 골목길을 돌며 60년 전 어린 시절의 그날들을 되돌리고 있었다.

변하지 않는 것은 추억이고 산이며 시냇물이었다. 비록 송사리 가재를 잡던 그 맑던 시냇물은 주택의 하수에 섞여 퇴적물이 흐르고 있었지만 옛 이야기를 부르는 통로임에 분명했다. 작은 교회가 있던 높은 산언덕은 어찌나 낮은지, 이모님 댁 높은 툇마루도 어쩌면 그렇게 낮은 높이로 퇴락하여 앉아 있던지 긴 세월의 흔적이 남긴 시각의 변화를 실감하며 미소를 머금었다. 다만 기억 속 떠나지 않는 아름다움이 내 수필문학의 텃밭이라는 것을 나는 잊지 않고 있다.

30년 충북수필문학의 유장한 흐름은 오늘도 시간의 연속 속에서 출렁이고 있다. 우리의 기억 속 이야기로 지난날을 추억할 수 있는 오늘처럼, 먼 훗날 누군가 오늘의 충북수필을 회억할 때가 올 것이다. 그 어느 날 충북수필인들의 눈부신 문학 업적을 회억하리라고 믿는다. 그리운 얼굴들이 한 사람 한 사람 클로즈업되는 '충북수필'이다. 이름 다 거론하지 않아도 오랜 시간 몸담아 주어서 고마운 여성수필가들 또한 자주 만남을 갖지 못한 아쉬움은 있지만 손잡으면 따사로운 온기가 감도는 인연에 감사한다.

하루

저문 하루를 종이 위에 앉히다가
가만히 손바닥을 펴 본다
분주했던 시간의 파편처럼 손금이
손바닥 가득 실금을 긋고 있다
얼키고 설킨 실타레처럼
내 생의 조각들이 수 놓아진 손바닥
어제는 무슨일들이 모여 이 질곡의 금을 그려 놓았는지
오늘은 또 어떤 일들이 내 삶의 끈을 연결하고 있는지
이 나이에도 나는 내 생의 고단을 내려놓지 못하고
안절부절 등에 지고 있다
최소한 내 영혼이 육신에서 육탈되어
바람 다 빠진 고무풍선처럼
마음이 제 스스로 거죽만 남은 육신에서 주저앉을 때까지
지키려는 모양이다
이 질긴 고뇌의 실금들—
손바닥에서 빠져나가지 못하는
가엾은 메비우스띠의 흔적들

누군가에겐 삶의 위로가 되고누군가에게 방황하는
길의 나침판이 되는 한 송이 꽃의 미소가 문학이다.

지연희 작품 세계 발자취

지연희 약력

충북 청주 출생
1982년~한국수필 (성명철학) 추천
1983년~월간문학 신인상 당선 (관음소심)
1983년~한국문인협회회원
1983년~한국 수필가협회 회원
1984년~ 대표에세이 문학동인회 창립회원
1986년~ 여성문학인회 입회
1986년~ 카톨릭 문우회 입회
1986년~ 대표에세이 서울지회 초대회장
1991년~ 현대 수필 문학회 이사역임
1992년~ 대표에세이 문학회 회장역임
1992년~ 국제 펜클럽 한국본부회원입회
1992년~1994년 송파문화원 시 수필 강사
1993년~한국 수필가협회 이사
1993년~한국 낭송문학회 부회장
1994년~한국 여성 문학인회 이사
1994년~1996년 중앙도서관 수필강좌 강사역임
1994년~ 지연희 창작교실운영
1995년 서울시광복50주년기념 (시107선,수필170선)편집
1997년 12월~현재 삼성프라자(AK)문화센타시창작반강사
1999년~2000년 종합문학지 [한국문인] 주간역임
2000년~현재 동남보건대학 평생교육원문예창작과 주임교수
2001년~2002년 국제펜클럽한국본부이사 겸 문화정책위원 역임
2001년~2010년 일산 그랜드 백화점 문화센타,시,수필강사

2003년~2005년 동덕여자대학 문예창작과 출강
2003년~사)현대시인협회입회
2003년~ 한국시문학시인회 회원
2004년~ 2006년 사)한국문인협회 감사역임
2006년~현재 계간 문파문학 발행인
2007년~현재 신세계 경기점 문화아카데미 시, 수필창작반 강사
2008년~현재 사단법인 한국현대시인협회 이사
2009년~동덕여자대학교 평생교육원 수필창작반 강사 역임
2009년~현재 신세계백화점 본점 아카데미 시창작반, 자서전반 강사
2009년~현재 사단법인 한국수필가협회 부이사장
2009년~현재 사단법인 국제 펜클럽한국본부 이사
2010년~현재 현대백화점 킨텍스점 아카데미 창작반 강사
2011년~현재 사단법인 한국문인협회 수필분과 회장
2012년~현재 한국여성문학인회 부이사장

지연희 출간 도서

1986년 수필집 「이제 사랑을 말하리라」출간
1988년 수필집 「사랑찾기」출간
1989년 수필집 「가난한 마음을 위하여」출간
1989년 수필집 「그리운 사람이 올것만 같아」출간
1989년 시　집 「마음읽기」출간
1990년 수필집 「비추이는 것이 어디 모습뿐이랴」출간
1991년 수필집 「그대 가슴에 뜨는 초록빛 별처럼」출간
1992년 전　기 「도전 노오벨상 전3권」출간
1994년 수필집 「네게 머무는 나는 얼마나 아름다운지」출간
1998년 수필집 「하얀 안개꽃 사랑」출간
1998년 시　집 「하루가 저물고 다시 아침이」출간

2000년 수필집 「시간의 유혹」출간
2001년 시 집 「초록물감 한방울 떨어져」출간
2003년 시 집 「나무가 비에 젖는 날은 바람도 비에 젖는다」출간
2004년 시 집 「사과나무」출간
2006년 작품론 「현대시 작품론」출간
2006년 작품론 「현대수필 작품론」출간
2007년 수필집 「시간의 흔적」출간
2009년 시 집 「남자는 오레오라고 쓴 과자 케이스를 들고 있었다」
2010년 수필집 「매일을 삶의 마지막 날이라고 생각할 수 있을 때」
2013년 수필집 「사계절에 취하다」
        수필선집 「알리사」
2014년 수필선집 「식탁 위 사과 한 알의 낯빛이 저리 붉다」
        수필집 「씨앗」

수상

1987년~ 한국문인협회 김동리 이사장 공로패 수상
1988년 제5회 동포문학상 수상(사단법인 한국문인협회 김동리 이사장)
1996년 제11회 한국수필문학상(사단법인 한국수필가협회 조경희이사장)
2012년 대한문학 본상 수상(대한 문학회)
2013년 한국 민국예총 예술인상 문학 부문
        구름카페 문학상 (현대수필 문학회)

세상 어떤 일이든지 역경은 따른다.
나아가 가치 있는 일일수록 꽃을 피우기 위해 견디어야할
'겨울'은 시베리아의 폭풍처럼 맵다.

지연희 수필집

씨앗